El corazón de las tinieblas

Joseph Conrad

# El corazón de las tinieblas

**Nueva traducción al español**
traducido del inglés por Guillermo Tirelli

Rosetta Edu

Título original: Heart of Darkness

Primera publicación: 1899

Ilustración de tapa: Detalle de «Dos viejos comiendo sopa» de Francisco de Goya, 1819-1823.

Primera edición: Noviembre 2022

Publicado por Rosetta Edu
Londres, Noviembre 2022
www.rosettaedu.com

ISBN: 978-1-915088-11-6

Rosetta Edu

## CLÁSICOS EN ESPAÑOL

Rosetta Edu presenta en esta colección libros clásicos de la literatura universal en nuevas traducciones al español, con un lenguaje actual, comprensible y fiel al original.

Las ediciones consisten en textos íntegros y las traducciones prestan especial atención al vocabulario, dado que es el mismo contenido que ofrecemos en nuestras célebres ediciones bilingües utilizadas por estudiantes avanzados de lengua extranjera o de literatura moderna.

Acompañando la calidad del texto, los libros están impresos sobre papel de calidad, en formato de bolsillo o tapa dura, y con letra legible y de buen tamaño para dar un acceso más amplio a estas obras.

Rosetta Edu
Londres
www.rosettaedu.com

# I

El *Nellie*, un bergantín de crucero, echó el ancla sin que se agitaran las velas y quedó en reposo. La marea ya se había terminado, el viento estaba casi calmo, y al estar atado al río, lo único que podía hacer era detenerse y esperar el cambio de la marea.

El estuario del Támesis se extendía ante nosotros como el comienzo de una vía navegable interminable. En el horizonte, el mar y el cielo se soldaban sin una sola junta, y en el espacio luminoso las velas bronceadas de las barcazas que subían a la deriva con la marea parecían detenerse en racimos rojos de lienzos marcadamente triangulares, con destellos de botavaras barnizadas. Una bruma descansaba sobre las costas bajas que se adentraban en el mar en una planicie que se desvanecía. El aire era oscuro por encima de Gravesend, y más atrás parecía condensarse en una lúgubre penumbra, que se cernía inmóvil sobre la ciudad más grande e importante sobre la Tierra.

El director de las Compañías era nuestro capitán y nuestro anfitrión. Los cuatro vigilábamos afectuosamente su espalda mientras él estaba de pie en la proa mirando hacia el mar. En todo el río no había nada que pareciera tan náutico. Se parecía a un piloto, lo que para un marinero es la confianza personificada. Era difícil darse cuenta de que su trabajo no estaba ahí fuera, en el luminoso estuario, sino detrás de él, dentro de la melancólica penumbra.

Entre nosotros existía, como ya he dicho en alguna parte, el vínculo del mar. Además de mantener nuestros corazones unidos durante largos periodos de separación, tenía el efecto de hacernos tolerantes con las historias e incluso con las convicciones de cada uno. El abogado —el mejor de los viejos compañeros— tenía, a causa de sus muchos años y de sus muchas virtudes, el único cojín de la cubierta, y estaba acostado sobre la única alfombra. El contador había sacado ya una caja de fichas de dominó, y estaba jugando arquitectónicamente con los huesos. Marlow estaba sentado con las piernas cruzadas en la popa, apoyado en el mástil de mesana. Tenía las mejillas hundidas, la tez amarilla, la espalda recta, un aspecto ascético y, con los brazos caídos y las palmas de las manos hacia fuera, parecía un ídolo. El director, satisfecho de que el ancla estuviera bien sujeta, se dirigió a la popa y se sentó entre nosotros. Intercambiamos algunas palabras perezosamente. Después hubo silencio a bordo del yate. Por una u otra razón no empezamos la partida de dominó. Nos sentíamos meditabundos, y no cabía más que la mirada plácida. El día terminaba en una serenidad de quietud y brillo exquisito. El agua brillaba pacíficamente; el cielo, sin una sola mancha, era una benigna inmensidad de luz sin mancha; hasta la bruma de las marismas de Essex era como un tejido vaporoso y radiante, que colgaba de las elevaciones boscosas del interior y cubría las costas bajas con pliegues diáfanos. Sólo la penumbra del oeste, que se cernía sobre las zonas altas, se volvía más sombría cada minuto, como si se enfadara por la llegada del sol.

Y por fin, en su curvada e imperceptible caída, el sol se hundió, y de blanco resplandeciente pasó a un rojo apagado, sin rayos y sin calor, como si estuviera a punto de apagarse repentinamente, fulminado por el toque de esa penumbra que se cierne sobre una multitud de hombres.

En seguida se produjo un cambio en las aguas, y la serenidad se hizo menos brillante pero más profunda. El viejo río, en su amplia extensión, descansaba imperturbable al declinar el día, después de siglos de buenos servicios prestados a la raza que poblaba sus riberas, extendidas en la tranquila dignidad de una vía fluvial que conduce a los últimos confines de la tierra. Contemplamos la venerable corriente, no con el vivo fulgor de un corto día que llega y se va para siempre, sino con la augusta luz de los recuerdos perdurables. Y, en efecto, nada es más fácil para un hombre que, como dice la frase, ha «seguido el mar» con reverencia y afecto, que evocar el gran espíritu del pasado en el curso inferior del Támesis. La corriente de la marea corre de un lado a otro en su incesante servicio, repleta de recuerdos de hombres y barcos que ha llevado al descanso del hogar o a las batallas del mar. Ha conocido y servido a todos los hombres de los que la nación se enorgullece, desde Sir Francis Drake hasta Sir John Franklin, caballeros todos, con y sin título, los grandes caballeros andantes del mar. Había soportado todos los barcos cuyos nombres son como joyas que centellean en la noche de los tiempos, desde el *Golden Hind* que regresaba con sus flancos redondos llenos de tesoros, para ser visitado por su majestad, la Reina, y salir así de la gigantesca historia, hasta el *Erebus* y el *Terror*, destinado a otras conquistas, y que nunca regresó. Había conocido los barcos y los hombres. Habían navegado desde Deptford, desde Greenwich, desde Erith: los aventureros y los colonos; los barcos de los reyes y los barcos de los mercaderes; los capitanes, los almirantes, los oscuros «intrusos» del comercio oriental y los «generales» comisionados de las flotas de las Indias Orientales. Cazadores de oro o perseguidores de la fama, todos ellos habían zarpado por esa corriente, portando la espada, y a menudo la antorcha, mensajeros del poderío dentro de la tierra, portadores de una chispa del fuego sagrado. ¡Qué grandeza no había flotado en el reflujo de ese río hacia el misterio de una tierra desconocida!... Los sueños de los hombres, la semilla de las mancomunidades, los gérmenes de los imperios.

El sol se puso; el crepúsculo cayó sobre la corriente, y empezaron a aparecer luces a lo largo de la orilla. El faro de Chapman, una cosa de tres patas erguida sobre una llanura de barro, brillaba con fuerza. Las luces de los barcos se movían en el canal, un gran revuelo de luces subiendo y bajando. Y más al oeste, en la parte alta, el lugar de la monstruosa ciudad seguía marcado ominosamente en el cielo, una melancólica penumbra bajo la luz del sol, un escabroso resplandor bajo las estrellas.

«Y éste también», dijo Marlow de repente, «ha sido uno de los lugares oscuros de la tierra».

Era el único hombre de entre nosotros que aún «seguía el mar». Lo peor que podía decirse de él era que no representaba a su clase. Era un marinero, pero también un vagabundo, mientras que la mayoría de los marineros llevan, si se puede expresar así, una vida sedentaria. Sus mentes se ordenan por la estancia en la casa, y su hogar está siempre con ellos: el barco; y también su país: el mar. Un barco es muy parecido a otro, y el mar es siempre el mismo. En la inmutabilidad de su entorno se deslizan las costas extranjeras, los rostros extranjeros, la cambiante inmensidad de la vida, velados no por un sentido de misterio, sino por una ignorancia ligeramente desdeñosa; porque no hay nada misterioso para un marinero, a menos que sea el propio mar, que es la señora de su existencia y tan inescrutable como el Destino. Por lo demás, después de sus horas de trabajo, basta un paseo casual o una juerga casual en la orilla para que se le desvele el secreto de todo un continente, y generalmente encuentra que no vale la pena conocerlo. Los relatos de los marineros tienen una sencillez directa, cuyo significado se encuentra dentro de la cáscara de una nuez rota. Pero Marlow no era típico (si se exceptúa su propensión a contar historias), y para él el significado de un episodio no estaba dentro como un grano, sino fuera, envolviendo el relato que lo sacaba a la luz sólo como un resplandor saca a la luz una neblina, a semejanza de uno de esos halos brumosos que a veces se hacen visibles por la iluminación espectral de la luz de la luna.

Su comentario no parecía en absoluto sorprendente. Simplemente se trataba de Marlow. Se aceptó en silencio. Nadie se tomó la molestia de gruñir siquiera; y en seguida dijo, muy lentamente...

«Estaba pensando en tiempos muy antiguos, cuando los romanos llegaron aquí por primera vez, hace mil novecientos años, el otro día... La luz salió de este río desde entonces... ¿dices caballeros? Sí; pero es como un resplandor que corre por la llanura, como un relámpago en las nubes. Vivimos en el parpadeo; ¡que dure mientras la vieja Tierra siga rodando! Pero la oscuridad estuvo aquí ayer. Imaginen los sentimientos de un comandante de un trirreme en el Mediterráneo, al que se le ordena repentinamente dirigirse al norte; atravesar la Galia por tierra y con prisa; poner a cargo de una de estas embarcaciones a los legionarios... un grupo maravilloso de hombres hábiles debían estar acostumbrados a construirlas, aparentemente de a cientos, en un mes o dos, si podemos creer lo que leemos. Imagínenlo aquí —el mismísimo fin del mundo, un mar del color del plomo, un cielo del color del humo, una especie de barco tan rígido como una concertina— y remontando este río con provisiones, o pedidos, o lo que quieran. Bancos de arena, pantanos, bosques, salvajes, poco que comer que sea apto para un hombre civilizado, nada más que agua del Támesis para beber. Aquí no hay vino de Falernia, no hay desembarco. Aquí y allá un campamento militar perdido en una selva, como una aguja en un manojo de heno: frío, niebla, tempestades, enfermedades, exilio y muerte, la muerte acechando en el aire, en el agua, en la maleza. Deben haber estado muriendo como moscas aquí. Oh, sí... él lo hizo. Lo hizo muy bien, también, sin duda, y sin pensar mucho en ello tampoco, excepto después para presumir de lo que había pasado en su tiempo, tal vez. Eran lo suficientemente hombres como para enfrentarse a las tinieblas. Y tal vez se animaba manteniendo la vista en una posibilidad de ascenso a la flota de Rávena para más adelante, si tenía buenos amigos en Roma y sobrevivía al horrible clima. O piensen en un joven ciudadano decente, con toga —quizás había jugado demasiado, ya saben— que viene aquí en el séquito de algún prefecto, o recaudador de impuestos, o incluso comerciante, para reparar su fortuna. Aterrizar en un pantano, marchar a través de los bosques, y en algún puesto del interior sentir que el salvajismo, el más absoluto salvajismo, se había cernido en torno a él... toda esa misteriosa vida de lo salvaje que se agita en el bosque, en las selvas, en el corazón de los hombres salvajes. Tampoco hay que iniciarse en esos misterios. Tiene que vivir en medio de lo incomprensible, que también es detestable. Y tiene una fascinación, también, que va a trabajar sobre él. La fascinación de la abominación, ya saben. Imagínense los remordimientos crecientes, el anhelo de escapar, el asco impotente, la rendición, el odio».

Hizo una pausa.

«Tengan en cuenta», comenzó de nuevo, levantando un brazo por el codo, la palma de la mano hacia fuera, de modo que, con las piernas dobladas ante él, tenía la pose de un Buda predicando con ropas europeas y sin flor de loto... «Tengan en cuenta que ninguno de nosotros se sentiría exactamente así. Lo que nos salva es la eficacia, la devoción a la eficacia. Pero estos tipos no contaban mucho, en realidad. No eran colonos; su administración era un mero pellizco, y nada más, sospecho. Eran conquistadores, y para eso sólo se necesita la fuerza bruta, nada de lo que presumir, cuando se tiene, ya que la fuerza es sólo un accidente que surge de la debilidad de otros. Agarraron lo que podían conseguir por el hecho mismo de hacerlo. Era sólo un robo con violencia, un asesinato agravado a gran escala, y los hombres iban a ciegas... como es muy propio de quienes abordan una oscuridad. La conquista de la tierra, que significa sobre todo arrebatársela a los que tienen una complexión diferente o unas narices un poco más chatas que las nuestras, no es nada bonito cuando se analiza en profundidad. Lo que lo redime es sólo la idea. Una idea en el fondo; no una pretensión sentimental, sino una idea; y una creencia desinteresada en la idea, algo que se puede establecer, e inclinarse ante ella, y ofrecer un sacrificio...».

Se interrumpió. Las llamas se deslizaban en el río, pequeñas llamas verdes, llamas rojas, llamas blancas, persiguiendo, adelantándose, uniendo, cruzando... y luego separándose lenta o precipitadamente. El tráfico de la gran ciudad continuaba en la noche profunda sobre el río insomne. Nosotros mirábamos, esperando pacientemente; no había nada más que hacer hasta el final de la crecida; pero sólo después de un largo silencio, cuando él dijo, con voz vacilante: «Supongo que ustedes recuerdan que una vez me convertí en marinero de agua dulce por un tiempo», supimos que estábamos destinados, antes de que el reflujo comenzara nuevamente, a escuchar una de las experiencias inconclusas de Marlow.

«No quiero molestarles mucho con lo que me ocurrió personalmente», comenzó, mostrando en esta observación la debilidad de muchos narradores que parecen ignorar tan a menudo lo que a su público le gustaría oír; «sin embargo, para entender el efecto que tuvo en mí, deberían saber cómo llegué allí, lo que vi, cómo remonté ese río hasta el lugar donde me encontré por primera vez con el pobre tipo. Fue el punto más lejano de la navegación y el punto culminante de mi experiencia. De alguna manera, parecía arrojar una especie de luz sobre todo lo que me rodeaba y sobre mis pensamientos. También era bastante sombrío y, lamentable, no extraordinario en absoluto, pero tampoco muy claro. No, no muy claro. Y, sin embargo, parecía arrojar una especie de luz.

«Por aquel entonces, como recordarán, acababa de regresar a Londres después de haber recorrido el Océano Índico, el Pacífico y los mares de China —una dosis regular de Oriente— durante seis años más o menos, y andaba holgazaneando, entorpeciendo el trabajo de ustedes e invadiendo sus hogares, como si tuviera la misión celestial de civilizarlos. Estuvo muy bien durante un tiempo, pero después de un tiempo me cansé de descansar. Entonces empecé a buscar un barco; creo que es el trabajo más duro de la tierra. Pero los barcos ni siquiera me miraban. Y también me cansé de ese juego.

«Cuando era pequeño me apasionaban los mapas. Me pasaba horas mirando Sudamérica, o África, o Australia, y me perdía en todas las glorias de la exploración. En aquella época había muchos espacios en blanco en la tierra, y cuando veía uno que parecía especialmente atractivo en un mapa (pero todos lo parecen) ponía el dedo sobre él y decía: "Cuando sea mayor iré allí". Recuerdo que el Polo Norte era uno de esos lugares. Pues bien, aún no he estado allí, y no lo intentaré ahora. El glamour desapareció. Otros lugares estaban repartidos por el ecuador, y en todo tipo de latitudes por los dos hemisferios. He estado en algunos de ellos, y... bueno, no hablaremos de eso. Pero había uno —el más grande, el más vacío, por así decirlo— que me apetecía.

«Es cierto que para entonces ya no era un espacio en blanco. Se había llenado desde mi niñez con ríos y lagos y nombres. Había dejado de ser un espacio en blanco de delicioso misterio, una mancha blanca sobre la que un niño podía soñar gloriosamente. Se había convertido en un lugar de tinieblas. Pero había en él un río en especial, un gran río poderoso, que se podía ver en el mapa, parecido a una inmensa serpiente desenrollada, con su cabeza en el mar, su cuerpo en reposo curvándose a lo lejos sobre un vasto país, y su cola perdida en las profundidades de la tierra. Y mientras miraba el mapa del mismo en un escaparate, me fascinó como lo haría una serpiente a un pajarito tonto. Entonces recordé que había una gran corporación, una Compañía dedicada al comercio en ese río. ¡Al diablo con todo! pensé, ¡no pueden comerciar sin utilizar algún tipo de embarcación en ese lote de agua dulce: barcos a vapor! ¿Por qué no iba a intentar hacerme cargo de uno? Seguí avanzando por Fleet Street, pero no pude quitarme la idea de encima. La serpiente me había encantado.

«Como saben era una corporación europea, esa Sociedad Mercantil; pero tengo muchos allegados que viven en el continente, porque es barato y no es tan desagradable como parece, dicen.

«Lamento admitir que empecé a preocuparlos. Esto ya era una novedad para mí. No estaba acostumbrado a conseguir las cosas de esa manera, ya saben. Siempre fui por mi propio camino y por mis propias piernas a donde tenía la intención de ir. No lo habría creído de mí mismo; pero, entonces, ya ven, sentí que de alguna manera debía llegar allí por las buenas o por las malas. Así que los preocupé. Los hombres dijeron: "Mi querido amigo...", y no hicieron nada. Entonces, ¿pueden creerlo? Probé con las mujeres. Yo, Charlie Marlow, puse a las mujeres a trabajar... para conseguir un empleo. ¡Cielos! Bueno, verán, la idea me impulsó. Tenía una tía, una querida alma entusiasta. Ella escribió: "Será encantador. Estoy dispuesta a hacer cualquier cosa, cualquier cosa por ti. Es una idea gloriosa. Conozco a la esposa de un alto personaje de la Administración, y también a un hombre que tiene mucha influencia en...", etc., etc. Estaba decidida a hacer todo lo posible para que me nombraran capitán de un barco a vapor en el río, si así lo deseaba.

«Conseguí mi nombramiento, por supuesto; y lo conseguí muy rápidamente. Al parecer, la Compañía había recibido la noticia de que uno de sus capitanes había muerto en una refriega con los nativos. Esta era mi oportunidad, y me puso aún más ansioso por ir. Sólo meses y meses después, cuando intenté recuperar lo que quedaba del cuerpo, me enteré de que la pelea original había surgido de un malentendido sobre unas gallinas. Sí, dos gallinas negras. Fresleven —así se llamaba el tipo, un danés— se creyó agraviado de alguna manera en el asunto, así que bajó a tierra y empezó a golpear al jefe de la aldea con un palo. Oh, no me sorprendió en lo más mínimo escuchar esto, y al mismo tiempo que me dijeran que Fresleven era la criatura más gentil y tranquila que jamás haya caminado sobre dos piernas. No hay duda de que lo era; pero ya llevaba un par de años por ahí comprometido con la noble causa, ya saben, y probablemente sintió la necesidad de afirmar por fin su autoestima de alguna manera. Por lo tanto, golpeó al viejo negro sin piedad, mientras una gran multitud de su gente lo observaba, atónita, hasta que un hombre —me dijeron que era el hijo del jefe—, desesperado al oír los gritos del viejo, dio un tímido golpe con una lanza al hombre blanco y, por supuesto, se clavó fácilmente entre los omóplatos. Entonces toda la población se retiró al bosque, esperando que ocurrieran todo tipo de calamidades, mientras que, por otro lado, el vapor que comandaba Fresleven también se marchó en medio del pánico, a cargo del maquinista, creo. Después nadie pareció preocuparse mucho por los restos de Fresleven, hasta que yo salí y ocupé su lugar. Sin embargo, no podía permitirme dejarlo ahí, pero cuando por fin se presentó la oportunidad de conocer a mi predecesor, la hierba que crecía entre sus costillas era lo suficientemente alta como para ocultar sus huesos. Estaban todos allí. El ser sobrenatural no había sido tocado después de su caída. Y la aldea estaba desierta, las cabañas se mostraban negras, putrefactas, todas torcidas dentro de los recintos abatidos. Una calamidad se había producido, sin duda. La gente había desaparecido. El terror loco los había dispersado, hombres, mujeres y niños, por el monte, y nunca habían regresado. Tampoco sé qué fue de las gallinas. Creo que la causa que es el progreso se las llevó, de todos modos. Sin embargo, a través de este glorioso asunto obtuve mi nombramiento, incluso antes de que hubiera empezado a esperarlo.

«Salí volando como un loco para prepararme, y antes de cuarenta y ocho horas estaba cruzando el Canal de la Mancha para presentarme ante mis empleadores y firmar el contrato. En muy pocas horas llegué a una ciudad que siempre me hace pensar en un sepulcro blanqueado. Prejuicios sin duda. No me fue difícil encontrar las oficinas de la Compañía. Era la más grande de la ciudad, y todos los que conocí tenían algo que ver con ella. Iban a construir un imperio marítimo y a ganar mucho dinero con el comercio.

«Una calle estrecha y desierta envuelta en profunda sombra, casas altas, innumerables ventanas con persianas venecianas, un silencio sepulcral, hierba que brotaba entre las piedras, imponentes arcos de carruajes a derecha e izquierda, inmensas puertas dobles que se mantenían pesadamente entreabiertas. Me colé por una de estas rendijas, subí por una escalera desnuda y sin barnizar, tan árida como un desierto, y abrí la primera puerta a la que llegué. Dos mujeres, una gorda y otra delgada, estaban sentadas en sillas con base de paja, tejiendo lana negra. La delgada se levantó y caminó directamente hacia mí, siguió tejiendo con los ojos bajos y sólo cuando empecé a pensar en apartarme de su camino, como se haría con un sonámbulo, se detuvo y levantó la vista. Su vestido era tan sencillo como la funda de un paraguas, se dio la vuelta sin decir una palabra y me acompañó a la sala de espera. Dije mi nombre y miré a mi alrededor. Una mesa en el centro, sillas sencillas alrededor de las paredes, en un extremo un gran mapa brillante, marcado con todos los colores del arco iris. Había una gran cantidad de rojo, que es bueno ver en cualquier momento, porque uno sabe que allí se trabaja de verdad, un montón de azul, un poco de verde, manchas de naranja y, en la costa este, una mancha púrpura, para mostrar dónde beben la alegre cerveza lager los pioneros del progreso. Sin embargo, no iba a ir a ninguno de estos lugares. Iba a ir hacia el amarillo. Muerto en el centro. Y el río estaba allí, fascinante, como una serpiente. ¡Ough! Se abrió una puerta, apareció una cabeza de secretario, de pelo blanco, pero con expresión compasiva, y un dedo índice flaco me hizo una seña para que entrara en el santuario. La luz era tenue y un pesado escritorio se encontraba en el centro. De detrás de esa estructura salió una impresión de pálida gordura en un frac. El gran hombre en persona. Medía un metro sesenta, a mi juicio, y tenía en su mano el mango de tantos millones. Estrechó la mano, supongo, murmuró vagamente, se mostró satisfecho con mi francés. *Bon voyage.*

«En unos cuarenta y cinco segundos me encontré de nuevo en la sala de espera con el compasivo secretario, que, llena de desolación y simpatía, me hizo firmar algunos documentos. Creo que me comprometí, entre otras cosas, a no revelar ningún secreto comercial. Pues bien, no voy a hacerlo.

«Empecé a sentirme ligeramente incómodo. Ya saben que no estoy acostumbrado a este tipo de ceremonias, y había algo siniestro en el ambiente. Era como si me hubieran hecho partícipe de alguna conspiración, no sé, algo que no estaba bien, y me alegré de irme. En la sala exterior las dos mujeres tejían lana negra febrilmente. Llegaba gente, y la más joven caminaba de un lado a otro presentándolos. La anciana estaba sentada en su silla. Sus zapatillas planas de tela estaban apoyadas en un calientapiés y un gato reposaba en su regazo. Llevaba una prenda blanca almidonada en la cabeza, tenía una verruga en una mejilla y unas gafas de montura plateada colgaban de la punta de la nariz. Me miró por encima de las gafas. La rápida e indiferente placidez de aquella mirada me preocupó. Dos jóvenes con semblantes tontos y alegres estaban siendo conducidos, y ella les lanzó la misma mirada rápida de despreocupada sabiduría. Parecía saberlo todo sobre ellos y también sobre mí. Me invadió una sensación inquietante. Parecía extraña y fatídica. A menudo pensaba en aquellas dos, guardando la puerta de las Tinieblas, tejiendo lana negra como para un cálido manto, una presentando, introduciendo continuamente a los desconocidos, la otra escudriñando los rostros alegres y tontos con ojos viejos y despreocupados. *Ave.* Vieja tejedora de lana negra. *Morituri te salutant.* No muchos de los que ella miraba la volvieron a ver; ni la mitad, ni mucho menos.

«Todavía faltaba una visita al médico. "Una simple formalidad", me aseguró el secretario, con aire de compartir en gran manera todas mis penas. En consecuencia, un joven que llevaba el sombrero sobre la ceja izquierda, algún oficinista, supongo —debía de haber oficinistas en el negocio, aunque la casa estaba tan quieta como una casa en una ciudad de muertos—, vino de algún lugar del piso superior y me condujo. Era un hombre desaliñado y descuidado, con manchas de tinta en las mangas de su chaqueta, y su corbata era grande y ondulada, bajo una barbilla con forma de punta de bota vieja. Era un poco temprano para el médico, así que le propuse un trago, y en ese momento le brotó una vena de jovialidad. Mientras estábamos sentados tomando nuestros vermuts, glorificó el negocio de la Compañía, y al poco tiempo expresé casualmente mi sorpresa por el hecho de que no fuera allí. Se puso muy frío y sereno de inmediato. "No soy tan tonto como parezco, dijo Platón a sus discípulos", dijo sentenciosamente, vació su vaso con gran resolución y nos levantamos.

«El viejo doctor me tomó el pulso, evidentemente pensando en otra cosa mientras tanto. "Bien, todo bien por aquí", murmuró, y luego, con cierto afán, me preguntó si le dejaba medirme la cabeza. Bastante sorprendido, le dije que sí, cuando sacó una cosa parecida a unos calibres y tomó las dimensiones por detrás y por delante y en todos los sentidos, tomando notas cuidadosamente. Era un hombrecillo sin afeitar, con un abrigo raído como una gabardina, con los pies enfundados en zapatillas, y me pareció un tonto inofensivo. "Siempre pido permiso, en interés de la ciencia, para medir los cráneos de los que van ahí", dijo. "¿Y cuando regresan también?", pregunté. "Oh, nunca los veo", comentó; "y, además, los cambios tienen lugar en el interior, ya sabe". Sonrió, como si se tratara de un chiste discreto. "Así que va a ir allí. Famoso lugar. También es interesante". Me echó una mirada escrutadora y tomó otra nota. "¿Ha habido alguna locura en su familia?", preguntó, con un tono práctico. Me sentí muy molesto. "¿Es esa pregunta también en interés de la ciencia?". "Sería interesante para la ciencia", dijo, sin darse cuenta de mi irritación, "observar los cambios mentales de los individuos, *in situ*, pero...". "¿Es usted un alienista?", interrumpí. "Todo médico debería serlo un poco", respondió aquel original, imperturbable. "Tengo una pequeña teoría que ustedes, los *Messieurs* que van por ahí, han de ayudarme a probar. Esta es mi parte en las ventajas que mi país obtendrá de la posesión de tan magnífica dependencia. La mera riqueza se la dejo a otros. Perdone mis preguntas, pero usted es el primer inglés que está bajo mi observación...". Me apresuré a asegurarle que no era nada típico. "Si lo fuera", dije, "no estaría hablando así con usted". "Lo que dice es bastante profundo, y probablemente erróneo", dijo, riéndose. "Evite la irritación más que la exposición al sol. *Adieu*. ¿Cómo dicen los ingleses, eh? Adiós. ¡Ah! *Good-by*. *Adieu*. En el trópico uno debe ante todo mantener la calma"... Levantó un dedo índice de advertencia... "*Du calme, du calme. Adieu*".

«Quedaba una cosa por hacer: despedirme de mi excelente tía. La encontré triunfante. Tomé una taza de té —la última taza de té decente en muchos días— y en una habitación que tenía el aspecto más reconfortante que cabría esperar del salón de una dama, mantuvimos una larga y tranquila charla junto al fuego. En el curso de estas confidencias me quedó claro que la esposa del alto dignatario, y Dios sabe cuántas personas más, me habían considerado una criatura excepcional y dotada, una pieza de buena suerte para la Compañía, un hombre de los que no se encuentran todos los días. ¡Cielo santo! ¡Y yo iba a hacerme cargo de un barco fluvial de dos peniques y medio con un silbato de un penique! Sin embargo, parecía que yo también era uno de los Trabajadores, con mayúsculas, ¿saben? Algo así como un emisario de la luz, una especie de apóstol inferior. En aquella época se había difundido una gran cantidad de esa basura en la prensa y en las charlas, y la excelente mujer, que vivía en medio de toda esa patraña, se dejó llevar por el entusiasmo. Habló de "destetar a esos millones de ignorantes de sus horribles costumbres", hasta que, se los juro, me hizo sentir bastante incómodo. Me aventuré a insinuar que la Compañía operaba con fines de lucro.

«"Te olvidas, querido Charlie, de que el obrero es digno de su salario", dijo ella, alegremente. Es extraño lo alejadas que están las mujeres de la verdad. Viven en un mundo propio, que nunca ha existido ni podrá existir. Es demasiado bello en su conjunto, y si ellas lo construyeran se haría pedazos antes de la primera puesta de sol. Algún hecho confuso con el que los hombres hemos vivido, contentos desde el día de la creación, se pondría en marcha y lo derribaría todo.

«Después de esto me abrazó, me dijo que usara franela, que me asegurara de escribir a menudo, etc., y me fui. En la calle, no sé por qué, tuve la extraña sensación de ser un impostor. Es extraño que yo, que acostumbraba a salir hacia cualquier parte del mundo con veinticuatro horas de antelación, con menos reflexión que la mayoría de los hombres dan a la hora de cruzar una calle, tuviera un momento, no diré de vacilación, sino de pausa sorprendida, ante este asunto tan común. La mejor manera en que puedo explicarlo es diciendo que, durante uno o dos segundos, sentí como si, en lugar de ir al centro de un continente, estuviera a punto de partir hacia el centro de la Tierra.

«Salí en un barco a vapor francés, que recaló en todos los puertos de mala fama que tienen por ahí, con el único propósito, por lo que pude ver, de desembarcar soldados y funcionarios de la aduana. Observé la costa. Observar una costa mientras se desliza frente al barco es como pensar en un enigma. Ahí está ante uno: sonriente, con el ceño fruncido, atrayente, grandiosa, mezquina, insípida o salvaje, y siempre muda, con un aire que susurra: "Ven y descúbrelo". Ésta no tenía casi ningún rasgo, como si estuviera todavía en proceso de formación, con un aspecto de monótona tristeza. El borde de una selva colosal, de un verde tan oscuro como casi negro, bordeado de olas blancas, corría recto, como una línea reglada, muy, muy lejos, a lo largo de un mar azul cuyo brillo estaba difuminado por una niebla rastrera. El sol era feroz, la tierra parecía brillar y gotear de vapor. Aquí y allá aparecían motas grisáceas y blanquecinas, agrupadas en el interior del blanco oleaje, con una bandera ondeando tal vez por encima de ellas. Asentamientos con algunos siglos de antigüedad, y todavía no más grandes que cabezas de alfiler en la extensión intacta de su fondo. Avanzamos a toda velocidad, nos detuvimos, desembarcamos soldados; continuamos, desembarcamos empleados de la aduana para cobrar peaje en lo que parecía una selva olvidada por Dios, con un cobertizo de hojalata y un asta de bandera perdida en él; desembarcamos más soldados... para cuidar de los empleados de la aduana, presumiblemente. He oído que algunos se ahogaron en el rompiente, pero si lo hicieron o no, a nadie pareció importarle especialmente. Simplemente se les arrojó allí, y seguimos adelante. Todos los días la costa tenía el mismo aspecto, como si no nos hubiéramos movido; pero pasamos por varios lugares, lugares comerciales con nombres como Gran' Bassam, Little Popo, nombres que parecían pertenecer a alguna sórdida farsa representada ante un siniestro telón de fondo.

La ociosidad de un pasajero, mi aislamiento entre todos estos hombres con los que no tenía ningún punto de contacto, el mar aceitoso y lánguido, la sombría uniformidad de la costa parecían mantenerme alejado de la verdad de las cosas, dentro del trabajo de un delirio lúgubre y sin sentido. La voz del oleaje que se oía de vez en cuando era un placer positivo, como el discurso de un hermano. Era algo natural, que tenía su razón, que tenía un sentido. De vez en cuando, una barca procedente de la orilla le daba a uno un contacto momentáneo con la realidad. La remaban unos compañeros negros. Se podía ver desde lejos el blanco de sus ojos brillando. Gritaban, cantaban; sus cuerpos chorreaban sudor; tenían rostros como máscaras grotescas, estos tipos; pero tenían huesos, músculos, una vitalidad salvaje, una intensa energía de movimiento, que era tan natural y verdadera como el oleaje de su costa. No buscaban ninguna excusa para estar allí. Era muy reconfortante verlos. Durante un tiempo sentía que aún pertenecía a un mundo de hechos simples, pero esa sensación no duraba mucho. Algo aparecía para ahuyentarla. Recuerdo que una vez nos encontramos con un buque de guerra anclado frente a la costa. No había ni siquiera un cobertizo allí, y estaba bombardeando el monte. Parece que los franceses tenían una de sus guerras por allí. Su enseña caía flácida como un trapo; las bocas de los largos cañones de ocho pulgadas sobresalían por todo el bajo casco; el oleaje grasiento y viscoso lo hacía subir y bajar perezosamente, balanceando sus delgados mástiles. En la inmensidad vacía de la tierra, el cielo y el agua, allí estaba, incomprensible, disparando hacia un continente. "Pop", sonaba uno de los cañones de ocho pulgadas; una pequeña llama se lanzaba y se desvanecía, un poco de humo blanco desaparecía, un pequeño proyectil daba un débil chillido... y no pasaba nada. No podía pasar nada. Había un toque de locura en el procedimiento, una sensación de lúgubre alegría en el espectáculo; y no se disipó cuando alguien a bordo me aseguró seriamente que había un campamento de nativos... ¡los llamaba enemigos!

«Le dimos sus cartas (he oído que los hombres de aquel solitario barco se morían de fiebre a razón de tres al día) y seguimos adelante. Hicimos escala en algunos otros lugares, con nombres farsantes, donde la alegre danza de la muerte y el comercio se desarrolla en una atmósfera quieta y terrosa como la de una catacumba recalentada; a lo largo de la costa sin forma, bordeada por un peligroso oleaje, como si la propia naturaleza hubiera tratado de alejar a los intrusos; dentro y fuera de los ríos, arroyos de muerte en vida, cuyas orillas se estaban pudriendo en barro, cuyas aguas, espesadas en limo, invadían los contorsionados manglares, que parecían retorcerse ante nosotros en el extremo de una impotente desesperación. En ningún lugar nos detuvimos el suficiente tiempo como para obtener una impresión particularizada, pero la sensación general de maravilla, vaga y opresiva, creció en mí. Era como un cansado peregrinaje entre indicios de pesadillas.

«Pasaron más de treinta días antes de que viera la desembocadura del gran río. Anclamos frente a la sede del gobierno. Pero mi trabajo no comenzaría hasta unas doscientas millas más allá. Así que tan pronto como pude me dirigí a un lugar treinta millas más arriba.

«Tomé pasaje en un pequeño barco de vapor. Su capitán era sueco y, conociendo mi condición de hombre de mar, me invitó a subir al puente. Era un hombre joven, delgado, rubio y malhumorado, con el pelo larguirucho y un andar arrastrado. Cuando salimos del pequeño y miserable muelle, miró despectivamente a la orilla. "¿Ha vivido allí?", preguntó. "Sí", respondí. "Estos tipos del gobierno son muy buenos, ¿no?", continuó, hablando en inglés con gran precisión y considerable amargura. "Es curioso lo que algunas personas hacen por unos pocos francos al mes. Me pregunto qué será de la gente cuando va al interior del país". Le dije que esperaba ver eso pronto. Y exclamó: "¡Oh-h-h!". Se volvió hacia delante, manteniendo un ojo vigilante. "No esté tan seguro", continuó. "El otro día recogí a un hombre que se ahorcó en la carretera. También era sueco". "¡Se ahorcó! ¿Por qué, en nombre de Dios?", grité. Siguió mirando con atención. "¿Quién sabe? El sol fue demasiado para él, o el país tal vez".

«Por fin se abrió ante nosotros una extensión de agua. Apareció un acantilado rocoso, montículos de tierra removida junto a la orilla, casas sobre una colina, otras, con tejados de hierro, entre un despojo de excavaciones, o colgadas al declive. Un ruido continuo de los rápidos, por encima, se cernía sobre esta escena de devastación habitada. Un montón de gente, en su mayoría negros y desnudos, se movían como hormigas. Un embarcadero se proyectaba en el río. Una luz solar cegadora ahogaba todo esto a veces en un repentino recrudecimiento del resplandor. "Ahí está el puesto de su compañía", dijo el sueco, señalando tres estructuras de madera en forma de barracas en la ladera rocosa. "Enviaré sus cosas allí. ¿Ha dicho cuatro cajas? Así que... Adiós".

«Me encontré con una caldera tirada sobre la hierba, y luego encontré un camino que subía a la colina. Me desvié ante las grandes piedras y también ante un pequeño camión de ferrocarril que estaba tumbado de espaldas con las ruedas en el aire. Faltaba una de ellas. La cosa parecía tan muerta como el cadáver de algún animal. Me encontré con más piezas de maquinaria en descomposición, una pila de raíles oxidados. A la izquierda, un grupo de árboles formaba un lugar sombreado, donde cosas oscuras parecían agitarse débilmente. Parpadeé, el camino era empinado. Una bocina sonó a la derecha y vi a los negros correr. Una fuerte y sorda detonación sacudió el suelo, una bocanada de humo salió del acantilado, y eso fue todo. No pareció haber ningún cambio en la cara de la roca. Estaban construyendo una vía férrea. El acantilado no estorbaba para nada; pero esta voladura sin objeto era todo el trabajo que se realizaba.

«Un ligero tintineo detrás de mí me hizo girar la cabeza. Seis hombres negros avanzaban en fila, subiendo trabajosamente por el sendero. Caminaban erguidos y con lentitud, balanceando pequeños cestos llenos de tierra sobre sus cabezas, y el tintineo seguía el ritmo de sus pasos. Llevaban trapos negros enrollados alrededor de los lomos, y los extremos cortos de los mismos se movían de un lado a otro como si fueran colas. Podía ver todas las costillas, las articulaciones de sus miembros eran como nudos de una cuerda; cada uno tenía un collar de hierro en el cuello, y todos estaban unidos por una cadena cuyos eslabones oscilaban entre ellos, tintineando rítmicamente. Otro estampido procedente del acantilado me hizo pensar de repente en aquel barco de guerra que había visto disparar contra un continente. Era el mismo tipo de voz ominosa; pero a estos hombres no se les podía llamar enemigos ni mucho menos. Se les llamaba criminales, y la ley ultrajada, como los proyectiles que estallaban, había llegado a ellos, un misterio insoluble desde el otro lado del mar. Sus escasos pechos jadeaban juntos, las fosas nasales violentamente dilatadas temblaban, los ojos miraban fijamente hacia arriba. Pasaron por delante de mí a menos de seis pulgadas, sin una mirada, con esa indiferencia completa y mortífera de los infelices salvajes. Detrás de esta materia prima, uno de los reclamados, producto de las nuevas fuerzas en acción, se paseaba abatido, llevando un rifle por su centro. Llevaba una chaqueta de uniforme con un botón quitado, y al ver a un hombre blanco en el camino, se alzó el arma al hombro con presteza. Esto fue por simple prudencia, ya que los hombres blancos son tan parecidos a la distancia que él no podía saber quién podía ser. Se tranquilizó rápidamente, y con una gran sonrisa blanca y picarona, y una mirada de soslayo a su cargo, pareció aceptarme como socio en su exaltada confianza. Al fin y al cabo, yo también formaba parte de la gran causa de estos elevados y justos procedimientos.

«En lugar de subir, giré y descendí hacia la izquierda. Mi idea era perder de vista a esa pandilla de cadenas antes de subir la colina. Saben que no soy particularmente tierno; he tenido que golpear y defenderme. He tenido que resistir y atacar a veces —esa es sólo una manera de resistir— sin contar el costo exacto, de acuerdo con las exigencias de esa clase de vida en la que me había metido. He visto el demonio de la violencia, y el demonio de la codicia, y el demonio del deseo ardiente; pero, ¡por todas las estrellas! estos eran demonios fuertes, lujuriosos, de ojos rojos, que se balanceaban y conducían a los hombres... hombres, les digo. Pero mientras estaba en esta ladera, preveía que en el sol cegador de aquella tierra conocería a un diablo flácido, fingido y de ojos débiles, de una locura rapaz y despiadada. Lo insidioso que podía ser, además, sólo lo descubriría varios meses después y a mil millas de distancia. Por un momento me quedé horrorizado, como si se tratara de una advertencia. Finalmente descendí la colina, oblicuamente, hacia los árboles que había visto.

«Evité un enorme agujero artificial que alguien había estado cavando en la ladera, cuyo propósito me resultó imposible de adivinar. En cualquier caso, no era una cantera ni un arenal. Era sólo un agujero. Puede que estuviera relacionado con el deseo filantrópico de dar a los criminales algo que hacer. No lo sé. Luego estuve a punto de caer en un barranco muy estrecho, casi no más que una cicatriz en la ladera. Descubrí que un montón de tuberías de desagüe importadas para el asentamiento habían sido tiradas allí. No había ninguna que no estuviera rota. Era un destrozo sin sentido. Por fin me metí bajo los árboles. Mi propósito era deambular a la sombra por un momento; pero apenas entré me pareció que había entrado en el tenebroso círculo de algún Infierno. Los rápidos estaban cerca, y un ruido ininterrumpido, uniforme, precipitado, llenaba la lúgubre quietud de la arboleda, donde no se agitaba ni un aliento, ni se movía una hoja, con un sonido misterioso... como si el ritmo desgarrador de la tierra herida se hubiera hecho audible de repente.

«Formas negras agazapadas, tumbadas, sentadas entre los árboles, apoyadas en los troncos, aferradas a la tierra, medio saliendo, medio borradas dentro de la tenue luz, en todas las actitudes de dolor, abandono y desesperación. Otra mina estalló en el acantilado, seguida de un ligero temblor del suelo bajo mis pies. El trabajo continuaba. El trabajo. Y este era el lugar donde algunos de los ayudantes se habían retirado para morir.

«Estaban muriendo lentamente; estaba muy claro. No eran enemigos, no eran criminales, no eran nada terrenal ahora, nada más que negras sombras de enfermedad y hambre, que yacían confusamente en la penumbra verdosa. Traídos desde todos los rincones de la costa con toda la legalidad de los contratos temporales, perdidos en un entorno incómodo, alimentados con comida desconocida, enfermaban, se volvían ineficaces y luego se les permitía arrastrarse y descansar. Estas formas moribundas eran libres como el aire y casi tan delgadas. Empecé a distinguir el brillo de los ojos bajo los árboles. Entonces, mirando hacia abajo, vi un rostro cerca de mi mano. Los huesos negros se reclinaron en toda su extensión con un hombro apoyado en el árbol, y lentamente los párpados se levantaron y los ojos hundidos me miraron, enormes y vacíos, una especie de parpadeo blanco y ciego en las profundidades de los orbes, que se apagó lentamente. El hombre parecía joven, casi un niño, pero ya saben que con ellos es difícil saberlo. No encontré otra cosa que hacer que ofrecerle una de las galletas de barco de mi buen sueco que llevaba en el bolsillo. Los dedos se cerraron lentamente sobre ella y la retuvieron; no hubo ningún otro movimiento ni ninguna otra mirada. Se había atado al cuello un trozo de estambre blanco... ¿Por qué? ¿De dónde lo había sacado? ¿Era una insignia... un adorno... un amuleto... un acto propiciatorio? ¿Había alguna idea relacionada con ello? Aquel trozo de hilo blanco de más allá de los mares resultaba sorprendente alrededor de su cuello negro.

«Cerca del mismo árbol, otros dos manojos de ángulos agudos estaban sentados con las piernas recogidas. Uno de ellos, con la barbilla apoyada en las rodillas, miraba fijamente a la nada, de una manera intolerable y espantosa: su hermano fantasma apoyaba la frente, como vencido por un gran cansancio; y todos, alrededor de los demás, estaban dispersos en todas las poses de colapso contorsionado, como en algún cuadro de una masacre o una peste. Mientras yo permanecía horrorizado, una de estas criaturas se levantó sobre las manos y las rodillas, y se dirigió a cuatro patas hacia el río para beber. Se puso a lamer de la mano, luego se sentó a la luz del sol, cruzando las canillas por delante, y al cabo de un rato dejó caer su lanosa cabeza sobre el esternón.

«No quería seguir merodeando a la sombra, y me dirigí apresuradamente hacia la estación. Cuando estaba cerca de los edificios me encontré con un hombre blanco, con una elegancia de atuendo tan inesperada que en el primer momento lo tomé por una especie de visión. Vi un cuello alto almidonado, puños blancos, una chaqueta de alpaca clara, pantalones nevados, una corbata clara y botas barnizadas. Sin sombrero. Cabellos partidos, cepillados, aceitados, bajo una sombrilla forrada de verde sostenida por una gran mano blanca. Era asombroso, y tenía un portaplumas detrás de la oreja.

«Estreché la mano de este milagro, y me enteré de que era el contador en jefe de la Compañía, y que toda la contabilidad se llevaba a cabo en esta estación. Había salido un momento, dijo, "para tomar un poco de aire fresco". La expresión sonaba maravillosamente extraña, con su sugerencia de vida sedentaria de escritorio. No les habría mencionado a ese hombre si no fuera porque fue de sus labios que escuché por primera vez el nombre del hombre que está tan indisolublemente ligado a los recuerdos de aquella época. Además, yo respetaba a ese hombre. Sí; respeto por sus cuellos, sus grandes puños, su pelo cepillado. Su aspecto era ciertamente el de un maniquí de peluquería; pero en la gran desmoralización de la tierra mantenía su aspecto. Eso es valentía. Sus cuellos almidonados y sus camisas planchadas eran logros de carácter. Llevaba casi tres años fuera; y, más tarde, no pude evitar preguntarle cómo se las arreglaba para lucir semejante ropa. Se sonrojó un poco y dijo modestamente: "He estado enseñando a una de las mujeres nativas de la estación. Fue difícil. Le disgustaba el trabajo". Este hombre realmente había logrado algo. Y se dedicaba a sus libros, que estaban en perfecto orden.

«Todo lo demás en la estación era un caos... cabezas, cosas, edificios. Hileras de negros polvorientos con los pies aplastados llegaban y partían; un flujo de productos manufacturados, algodones de mala calidad, cuentas y alambres de latón se enviaban a las profundidades de la oscuridad, y a cambio surgía un precioso chorro de marfil.

«Tuve que esperar en la estación durante diez días, una eternidad. Vivía en una choza en el patio, pero para estar fuera del caos a veces me metía en el despacho del contador. Estaba construido con tablones horizontales, y tan mal montado que, cuando se inclinaba sobre su alto escritorio, estaba barrido desde el cuello hasta los talones con estrechas tiras de luz solar. No era necesario abrir la gran persiana para ver. Allí también hacía calor; grandes moscas zumbaban diabólicamente, y no picaban, sino que apuñalaban. Yo me sentaba generalmente en el suelo, mientras, de aspecto impecable (e incluso ligeramente perfumado), encaramado en un taburete alto, él escribía, escribía. A veces se levantaba para hacer ejercicio. Cuando le colocaron una cama de campaña con un enfermo (algún agente inválido del interior del país), exhibió una leve molestia. "Los gemidos de este enfermo", dijo, "distraen mi atención. Y sin eso es extremadamente difícil protegerse de los errores clericales en este clima".

«Un día comentó, sin levantar la cabeza: "En el interior conocerá sin duda al señor Kurtz". Al preguntarle quién era el señor Kurtz, me dijo que era un agente de primera clase; y al ver mi decepción por esta información, añadió lentamente, dejando la pluma, "Es una persona muy notable". Otras preguntas me permitieron saber que el señor Kurtz estaba actualmente a cargo de un puesto comercial, muy importante, en el verdadero territorio del marfil, en "el mismo fondo del lugar. Envía tanto marfil como todos los demás juntos...". Empezó a escribir de nuevo. El enfermo estaba demasiado enfermo como para gemir. Las moscas zumbaban con gran tranquilidad.

«De repente, se oyó un creciente murmullo de voces y un gran pisar de pies. Había llegado una caravana. Un violento balbuceo de sonidos groseros estalló al otro lado de los tablones. Todos los cargadores hablaban al unísono, y en medio del alboroto se oyó la lamentable voz del agente en jefe "dándose por vencido" con lágrimas en los ojos por vigésima vez aquel día... Él se levantó lentamente. "Qué escándalo", dijo. Cruzó suavemente la habitación para mirar al enfermo y, al volver, me dijo: "No oye". "¿Qué? ¿Muerto?", pregunté, sorprendido. "No, todavía no", respondió él con gran compostura. Luego, aludiendo con una sacudida de cabeza al tumulto en el patio de la estación, "Cuando uno tiene que hacer entradas correctas, llega a odiar a esos salvajes, a odiarlos hasta la muerte". Se quedó pensativo un momento. "Cuando vea al señor Kurtz", continuó, "dígale de mi parte que todo aquí", miró el escritorio, "es muy satisfactorio. No me gusta escribirle, con esos mensajeros nuestros nunca se sabe quién puede recibir la carta, en esa Estación Central". Me miró por un momento con sus ojos suaves y saltones. "Él llegará lejos, muy lejos", comenzó nuevamente. "Dentro de poco será alguien en la Administración. Ellos, los de arriba, el Consejo de Europa, ya sabe, quieren que lo sea".

«Se volvió a su trabajo. El ruido de fuera había cesado, y al salir me detuve en la puerta. Entre el zumbido constante de las moscas, el agente que volvía a casa yacía sonrojado e insensible; el otro, inclinado sobre sus libros, hacía anotaciones correctas de transacciones perfectamente correctas; y a quince metros por debajo del umbral de la puerta podía ver las quietas copas de los árboles del bosque de la muerte.

«Al día siguiente salí por fin de esa estación, con una caravana de sesenta hombres, para una caminata de doscientas millas.

«Es inútil decir mucho sobre eso. Senderos, senderos, por todas partes; una red estampada de senderos que se extienden por la tierra vacía, a través de la hierba crecida, a través de la hierba quemada, a través de los matorrales, bajando y subiendo por barrancos fríos, subiendo y bajando por colinas pedregosas abrasadas por el calor; y una soledad, una soledad, nadie, ni una cabaña. La población se había marchado hace mucho tiempo. Bueno, si un montón de negros misteriosos armados con toda clase de armas temibles se pusieran de repente a viajar por la carretera entre Deal y Gravesend, atrapando a los campesinos a diestro y siniestro para que llevaran pesadas cargas para ellos, me imagino que todas las granjas y cabañas de los alrededores quedarían vacías muy pronto. Sólo que aquí las viviendas también habían desaparecido. Aun así, pasé por varios pueblos abandonados. Hay algo patéticamente infantil en las ruinas de los muros de hierba. Día tras día, con el pisotón y el arrastre de sesenta pares de pies descalzos detrás de mí, cada par bajo una carga de sesenta libras. Acampar, cocinar, dormir, levantar el campamento, marchar. De vez en cuando, un cargador muerto con su arnés, descansando en la larga hierba cerca del camino, con una calabaza vacía y su largo bastón a su lado. Un gran silencio alrededor y arriba. Tal vez en alguna noche tranquila el temblor de tambores lejanos, hundiéndose, hinchándose, un temblor vasto, tenue; un sonido extraño, atrayente, sugestivo y salvaje... y tal vez con un significado tan profundo como el sonido de las campanas en un país cristiano. Alguna vez, un hombre blanco con un uniforme desabrochado, que acampaba en el camino con una escolta armada de larguiruchos zanzibaris, muy hospitalarios y festivos... por no decir borrachos. Se ocupaba del mantenimiento de la carretera, declaró. No puedo decir que viera ningún camino ni ningún mantenimiento, a menos que el cuerpo de un negro de mediana edad, con un agujero de bala en la frente, con el que tropecé, por completo, tres millas más adelante, pueda considerarse como una mejora permanente. También tenía un compañero blanco, que no era un mal tipo, pero que era demasiado carnoso y tenía la exasperante costumbre de desmayarse en las calurosas laderas, a millas de distancia de la más mínima sombra y agua. Resulta molesto sostener el propio abrigo como si fuera una sombrilla sobre la cabeza de un hombre mientras se recupera. No pude evitar preguntarle una vez qué pretendía al ir allí. "Ganar dinero, por supuesto.

¿Qué cree?", dijo con desprecio. Entonces le dio fiebre y tuvo que ser llevado en una hamaca colgada bajo un poste. Como pesaba cien kilos, no paré de discutir con los cargadores. Se confabularon, huyeron, se escabulleron con sus cargas por la noche... todo un motín. Así que, una noche, pronuncié un discurso en inglés con gestos, ninguno de los cuales pasó desapercibido para los sesenta pares de ojos que tenía delante, y a la mañana siguiente hice que la hamaca fuera delante de todo. Una hora más tarde me encontré con todo el asunto destrozado en un arbusto: hombre, hamaca, gemidos, mantas, horrores. El pesado palo le había despellejado la pobre nariz. Estaba muy ansioso de que matara a alguien, pero no se encontraba ni siquiera la sombra de un cargador cerca. Me acordé del viejo doctor... "Sería interesante para la ciencia observar los cambios mentales de los individuos, en el acto". Sentí que me estaba volviendo científicamente interesante. Sin embargo, todo eso es inútil. El decimoquinto día volví a tener a la vista el gran río, y entré cojeando en la Estación Central. Estaba en una zona de agua rodeada de matorrales y bosques, con un bonito borde de barro maloliente en un lado, y en los otros tres, rodeado por una absurda valla de juncos. Una brecha descuidada era todo el portón que tenía, y la primera mirada al lugar bastaba para ver que el diablo fofo dirigía aquel espectáculo. Hombres blancos con largos bastones en las manos aparecían lánguidamente de entre los edificios, se acercaban para echarme un vistazo, y luego se retiraban de la vista hacia algún lugar. Uno de ellos, un tipo corpulento y excitable con bigotes negros, me informó con gran volubilidad y muchas divagaciones, en cuanto le dije quién era, que mi vapor estaba en el fondo del río. Me quedé atónito. ¿Qué, cómo, por qué? Oh, "todo estaba bien". El "director en persona" estaba allí. Todo en orden. "Todo el mundo se había comportado espléndidamente, espléndidamente...". "Debe usted", dijo agitado, "ir a ver al director general de inmediato. ¡Está esperando!".

«No vi el verdadero significado de ese naufragio inmediatamente. Me parece que lo veo ahora, pero no estoy seguro... en absoluto. Ciertamente, el asunto fue demasiado estúpido, cuando lo pienso, para ser del todo natural. Sin embargo... Pero en ese momento se presentó simplemente como una confusa molestia. El barco a vapor estaba hundido. Habían partido dos días antes a toda prisa río arriba con el director a bordo, a cargo de algún piloto voluntario, y antes de que llevaran tres horas de viaje le arrancaron el fondo en unas rocas, y se hundió cerca de la orilla sur. Me pregunté qué iba a hacer allí, ahora que mi barco estaba destruido. De hecho, tenía mucho por hacer rescatándolo del río. Tuve que ponerme a ello al día siguiente. Eso, y las reparaciones cuando llevé las piezas a la estación, me llevaron algunos meses.

«Mi primera entrevista con el director fue curiosa. No me pidió que me sentara después de mi caminata de veinte millas esa mañana. Era un hombre común en cuanto a su complexión, sus rasgos, sus modales y su voz. Era de mediana estatura y de complexión normal. Sus ojos, del azul habitual, eran quizás notablemente fríos, y ciertamente podía hacer que su mirada cayera en uno tan mordaz y pesada como un hacha. Pero incluso en esos momentos el resto de su persona parecía negar la intención. Por lo demás, sólo había una indefinible y tenue expresión de sus labios, algo sigiloso... una sonrisa y no una sonrisa... que recuerdo, pero no puedo explicar. Era inconsciente, esa sonrisa, aunque justo después de decir algo se intensificaba por un instante. Llegaba al final de sus discursos como un sello aplicado a las palabras para hacer que el significado de la frase más común pareciera absolutamente inescrutable. Era un comerciante común, desde su juventud empleado en estos lugares... nada más. Se le obedecía, pero no inspiraba ni amor ni temor, ni siquiera respeto. Inspiraba inquietud. ¡Eso era! Inquietud. No una desconfianza definida... sólo inquietud... nada más. No tienen idea de lo efectiva que puede ser una... una... facultad así. No tenía ningún genio para organizar, para la iniciativa, ni siquiera para el orden. Eso era evidente en asuntos tales como el deplorable estado de la estación. No tenía ni estudios ni inteligencia. Su posición le había llegado... ¿por qué? Tal vez porque nunca estuvo enfermo... Había servido tres períodos de tres años allí... Porque la salud triunfante en la derrota general de las constituciones es una especie de poder en sí mismo. Cuando volvió a casa de licencia, festejó a gran escala... pomposamente. Marinero en tierra, con una diferencia, que sólo lo era externamente. Esto se podía deducir de su conversación casual. No originaba nada, podía mantener la rutina, eso es todo. Pero era genial. Era genial por esta pequeña cosa: era imposible decir qué podía controlar a un hombre así. Nunca reveló ese secreto. Tal vez no había nada dentro de él. Tal sospecha hacía que uno se detuviera, ya que allí fuera no había controles externos. Una vez, cuando varias enfermedades tropicales habían hecho caer a casi todos los "agentes" de la estación, se le oyó decir, "Los hombres que vienen aquí no deberían tener entrañas". Selló la frase con esa sonrisa suya, como si hubiera sido una puerta que se abriera a una oscuridad que tenía guardada. Uno creía haber visto cosas... pero el sello estaba puesto. Cuando se molestó a la hora de comer por las constantes peleas de los hombres blancos sobre la precedencia, ordenó que se hiciera una inmensa mesa redonda, para la cual había que construir una casa especial. Este era el comedor de la estación. Donde él se sentaba era el primer lugar; el resto, en ninguna parte. Uno sentía que ésta era su convicción inalterable. No era ni civilizado ni descortés. Era tranquilo. Permitió que su "chico", un joven negro sobrealimentado de la costa, tratara a los hombres blancos, bajo sus propios ojos, con una insolencia provocadora.

«Empezó a hablar en cuanto me vio. Yo había tardado mucho tiempo en hacer mi camino. Él no podía esperar. Tenía que partir sin mí. Había que relevar las estaciones río arriba. Ya había habido tantos retrasos que no sabía quién estaba muerto y quién estaba vivo, y cómo les iba... y así sucesivamente. No prestó atención a mis explicaciones y, jugando con un palo de lacre, repitió varias veces que la situación era "muy grave, muy grave". Había rumores de que una estación muy importante estaba en peligro, y su jefe, el señor Kurtz, estaba enfermo. Esperaba que no fuera cierto. El señor Kurtz era... Me sentía cansado e irritable. Que le maten a Kurtz, pensé. Le interrumpí diciendo que había oído hablar del señor Kurtz en la costa. "Así que hablan de él allí", murmuró para sí mismo. Luego comenzó de nuevo, asegurando que el señor Kurtz era el mejor agente que tenía, un hombre excepcional, de la mayor importancia para la Compañía; por lo tanto, podía entender su ansiedad. Estaba, dijo, "muy, muy inquieto". Ciertamente, se revolvió mucho en su silla, exclamó: "¡Ah, el señor Kurtz!", rompió la barra de lacre y pareció aturdido por el accidente. Lo siguiente que quiso saber fue "cuánto tiempo tardaría en...". Le interrumpí de nuevo. Al tener hambre, ya saben, y estar de pie también, me estaba volviendo salvaje. "Cómo puedo saberlo", le dije. "Ni siquiera he visto los restos del naufragio, algunos meses, sin duda". Toda esta charla me parecía tan inútil. "Algunos meses", dijo. "Bueno, digamos que tres meses antes de que podamos empezar. Sí. Eso debería bastar para el asunto". Salí de su cabaña (vivía solo en una cabaña de barro con una especie de porche) murmurando para mí mi opinión sobre él. Era un idiota parlanchín. Después me retracté cuando me di cuenta de la extrema precisión con la que había calculado el tiempo necesario para el "asunto".

«Me fui a trabajar al día siguiente, dándole, por así decirlo, la espalda a esa estación. Sólo así me parecía que podía mantenerme aferrado a los hechos redentores de la vida. Sin embargo, a veces uno debe mirar a su alrededor; y entonces vi esta estación, estos hombres paseando sin rumbo en el sol del patio. A veces me preguntaba qué significaba todo aquello. Vagaban por aquí y por allá con sus absurdos bastones largos en las manos, como un montón de peregrinos sin fe, embrujados, encerrados en una valla podrida. La palabra "marfil" sonaba en el aire, se susurraba, se suspiraba. Se diría que le estaban rezando. Una mancha de imbécil rapacidad soplaba en todo ello, como el olor de algún cadáver. ¡Por Dios! Nunca he visto nada tan irreal en mi vida. Y fuera, la silenciosa selva que rodeaba esta mancha despejada en la tierra me pareció algo grande e invencible, como el mal o la verdad, que esperaba pacientemente el paso de esta fantástica invasión.

«¡Oh, estos meses! Bueno, no importa. Pasaron varias cosas. Una tarde, un cobertizo de hierba lleno de percal, estampados de algodón, abalorios y no sé qué más, estalló en llamas tan repentinamente que se hubiera creído que la tierra se había abierto para dejar que un fuego vengador consumiera toda aquella basura. Estaba fumando mi pipa tranquilamente junto a mi vapor desmantelado, y los vi a todos haciendo cabriolas ante la luz, con los brazos en alto, cuando el hombre corpulento de los bigotes bajó a toda prisa hacia el río, con un cubo de lata en la mano, aseguró que todo el mundo se estaba "comportando espléndidamente, espléndidamente", sumergió un cubo en el agua y regresó otra vez. Me di cuenta de que había un agujero en el fondo de su cubo.

«Subí caminando. No había prisa. La cosa había estallado como una caja de cerillas. No tenía remedio desde el primer momento. La llama había saltado a lo alto, había hecho retroceder a todo el mundo, lo había iluminado todo y se había derrumbado. El cobertizo era ya un montón de brasas que brillaban ferozmente. Un negro estaba siendo golpeado cerca de allí. Decían que él había provocado el incendio de alguna manera; sea como fuere, estaba chillando de forma horrible. Más tarde lo vi, durante varios días, sentado a la sombra con aspecto de estar muy enfermo y tratando de recuperarse; después se levantó y se marchó... y la selva, sin hacer ruido, lo acogió de nuevo en su seno. Al acercarme al resplandor de la oscuridad me encontré a la espalda de dos hombres, hablando. Oí pronunciar el nombre de Kurtz, y luego las palabras "aproveche este desafortunado accidente". Uno de los hombres era el director. Le deseé una buena noche. "¿Ha visto alguna vez algo así? Es increíble", dijo, y se marchó. El otro hombre se quedó. Era un agente de primera clase, joven, caballeroso, un poco reservado, con una pequeña barba bifurcada y una nariz aguileña. Se mostraba distante con los demás agentes, y éstos, por su parte, decían que era un espía del director sobre ellos. En cuanto a mí, apenas había hablado con él. Empezamos a hablar y, al poco tiempo, nos alejamos de las ruinas silbantes. Luego me invitó a su habitación, que estaba en el edificio principal de la estación. Encendió una cerilla y me di cuenta de que aquel joven aristócrata no sólo tenía un tocador de plata, sino también una vela entera para él. En ese momento, el director era el único hombre que se suponía que tenía derecho a las velas. Las paredes de arcilla estaban cubiertas de esteras nativas; una colección de lanzas, aseguas, escudos y cuchillos estaba colgada como trofeo. El negocio encomendado a este hombre era la fabricación de ladrillos... según me habían informado; pero no había ni un fragmento de ladrillo en ninguna parte de la estación, y él llevaba allí más de un año... esperando. Parece que no podía hacer ladrillos sin algo, no sé qué: paja tal vez. En cualquier caso, no se podía encontrar allí, y como no era probable que se enviara desde Europa, no me pareció claro qué estaba esperando. Un acto de creación especial quizás. Sin embargo, todos esperaban —los dieciséis o veinte peregrinos— algo; y a decir verdad, no parecía una ocupación poco agradable, por la forma en que la tomaban, aunque lo único que les llegaba era la enfermedad... por lo que pude ver. Engañaban al tiempo con sus murmuraciones e intrigas contra los demás de una manera tonta. Había un aire de conspiración en esa estación, pero nada resultaba de ello, por supuesto. Era tan irreal como todo lo demás... como la pretensión filantrópica de toda la empresa, como su charla, como su gobierno, como su apariencia de trabajo. El único sentimiento real era el deseo de conseguir un puesto comercial donde se pudiera conseguir marfil, para ganar un porcentaje. Intrigaban, calumniaban y se odiaban sólo por eso, pero en cuanto a levantar efectivamente un dedito... oh, no. ¡Cielos! Después de todo, hay algo en el mundo que permite que un hombre robe un caballo mientras otro no puede ni mirar un cabestro. Robar un caballo directamente. Muy bien. Lo ha hecho. Tal vez pueda montar. Pero hay una forma de mirar un cabestro que provocaría una patada en el más caritativo de los santos.

«No tenía idea de por qué quería ser sociable, pero mientras charlábamos allí dentro se me ocurrió de repente que el tipo estaba tratando de llegar a algo... de hecho, de bombearme. Aludía constantemente a Europa, a la gente que se suponía que yo conocía allí, haciéndome preguntas sobre mis conocidos en la ciudad sepulcral, etc. Sus ojitos brillaban como discos de mica... con curiosidad... aunque intentaba mantener un poco de soberbia. Al principio me asombré, pero muy pronto sentí una enorme curiosidad por ver qué descubría de mí. No podía imaginar lo que tenía en mí que mereciera la pena. Era gracioso ver cómo se desconcertaba a sí mismo, porque a decir verdad mi cuerpo estaba lleno de escalofríos, y mi cabeza no tenía nada más que ese miserable asunto del barco a vapor. Era evidente que me tomaba por un prevaricador totalmente desvergonzado. Por fin se enfadó, y para disimular un movimiento de furiosa molestia, bostezó. Me levanté. Entonces me fijé en un pequeño boceto al óleo, sobre un panel, que representaba a una mujer, tapada y con los ojos vendados, llevando una antorcha encendida. El fondo era sombrío, casi negro. El movimiento de la mujer era majestuoso, y el efecto de la luz de la antorcha en el rostro era siniestro.

«Me detuvo, y él se quedó de pie cortésmente, sosteniendo una botella de champaña de media pinta (comodidades medicinales) con la vela clavada en ella. A mi pregunta dijo que el señor Kurtz había pintado esto en esta misma estación hace más de un año, mientras esperaba medios para ir a su puesto comercial. "Dígame, por favor", dije yo, "¿quién es ese señor Kurtz?".

«"El jefe de la Estación Interior", respondió en un tono corto, mirando hacia otro lado. "Muy agradecido", dije, riendo. "Y usted es el fabricante de ladrillos de la Estación Central. Todo el mundo lo sabe". Permaneció un rato en silencio. "Es un prodigio", dijo por fin. "Es un emisario de la piedad, de la ciencia, del progreso y de no sé qué más. Necesitamos", comenzó a declamar de repente, "para la dirección de la causa que nos ha confiado Europa, por así decirlo, una inteligencia superior, amplias simpatías, un propósito único". "¿Quién dice eso?", le pregunté. "Muchos", respondió. "Algunos incluso lo escriben; y por eso él viene aquí, un ser especial, como usted debería saber". "¿Por qué debería saberlo?", interrumpí, realmente sorprendido. No prestó atención. "Sí. Hoy es jefe de la mejor estación, el año que viene será subdirector, dos años más y... pero me atrevo a decir que usted sabe lo que será dentro de dos años. Es de la nueva banda... la banda de la virtud. Los mismos que lo enviaron especialmente a él también lo recomendaron a usted. Oh, no diga que no. Tengo que confiar en mis propios ojos". Se me hizo la luz. Los influyentes conocidos de mi querida tía estaban produciendo un efecto inesperado en aquel joven. Casi me eché a reír. "¿Lee usted la correspondencia confidencial de la Compañía?", le pregunté. No dijo ni una palabra. Era muy divertido. "Cuando el señor Kurtz", continué con severidad, "sea director general, no tendrá usted la oportunidad".

«Apagó la vela de repente y salimos al exterior. La luna había salido. Unas figuras negras se paseaban desganadas, vertiendo agua sobre el resplandor, desde el cuál procedía un siseo; el vapor ascendía a la luz de la luna, el negro golpeado gemía en alguna parte. "Qué escándalo hace el bruto", dijo el infatigable hombre de los bigotes, que apareció cerca de nosotros. "Se lo merece. ¡Transgresión... castigo... bang! Sin piedad, sin piedad. Esa es la única manera. Así se evitarán todas las conflagraciones en el futuro. Estaba diciéndole al director...". Se fijó en mi acompañante y bajó la cabeza de inmediato. "¿Todavía levantado?", dijo, con una especie de servil cordialidad; "es tan natural. ¡Ja! Peligro... agitación". Desapareció. Me dirigí a la orilla del río y el otro me siguió. Oí un murmullo mordaz en mi oído: "Montón de inútiles, váyanse". Se veía a los peregrinos en grupos, gesticulando, discutiendo. Varios tenían todavía sus bastones en las manos. Creo que se llevaban esos palos a la cama. Más allá de la valla, el bosque se alzaba espectral a la luz de la luna, y a través del tenue revuelo, a través de los débiles sonidos de aquel lamentable patio, el silencio de la tierra le llegaba a uno al corazón... su misterio, su grandeza, la asombrosa realidad de su vida oculta. El negro herido gimió débilmente en algún lugar cercano, y luego arrancó un profundo suspiro que me hizo corregir mi paso lejos de allí. Sentí que una mano se introducía bajo mi brazo. "Mi querido señor", dijo el hombre, "no quiero ser malinterpretado, y especialmente por usted, que verá al señor Kurtz mucho antes de que yo pueda tener ese placer. No me gustaría que se hiciera una falsa idea de mi disposición...".

«Lo dejé continuar, a este Mefistófeles de cartón piedra, y me pareció que si lo intentaba podía atravesarlo con el dedo índice y no encontraría nada dentro, salvo un poco de suciedad suelta, tal vez. Él, como ven, había estado planeando ser subdirector en el futuro bajo el mando del hombre actual, y pude ver que la llegada de ese Kurtz los había perturbado a ambos en gran manera. Habló precipitadamente, y yo no intenté detenerlo. Yo tenía los hombros apoyados en los restos de mi barco a vapor, arrastrado por la pendiente como el cadáver de un gran animal de río. El olor del barro, del barro primitivo, ¡por Dios! estaba en mis fosas nasales, la alta quietud del bosque primitivo estaba ante mis ojos; había manchas brillantes en el negro

arroyo. La luna había extendido sobre todo una fina capa de plata...
sobre la hierba rancia, sobre el barro, sobre el muro de vegetación
enmarañada que se alzaba más alto que la pared de un templo, sobre
el gran río que yo podía ver a través de una sombría brecha, brillando, resplandeciendo, mientras fluía ampliamente sin un murmullo. Todo esto estaba allí, grandioso, expectante, mudo, mientras el
hombre parloteaba sobre sí mismo. Me pregunté si la quietud en el
rostro de la inmensidad, que nos miraba a los dos, era un llamado
o una amenaza. ¿Qué éramos nosotros, que nos habíamos extravia-
do aquí? ¿Podíamos manejar esa cosa tonta, o ella nos manejaría a
nosotros? Sentí lo grande, lo confusamente grande, que era aquella
cosa que no podía hablar, y que quizás también era sorda. ¿Qué había
ahí dentro? Podía ver un poco de marfil saliendo de allí, y había oído
que el señor Kurtz estaba allí dentro. Yo también había oído hablar
bastante de él... ¡Dios lo sabe! Sin embargo, de alguna manera no me
trajo ninguna imagen... no más que si me hubieran dicho que había
un ángel o un demonio ahí dentro. Lo creía de la misma manera que
uno de ustedes podría creer que hay habitantes en el planeta Marte.
Una vez conocí a un fabricante de velas escocés que estaba seguro,
completamente seguro, de que había gente en Marte. Si uno le pedía
una indicación sobre su aspecto y comportamiento, se ponía tímido
y murmuraba algo sobre "caminar a cuatro patas". Si uno sonreía,
se disponía a luchar contra uno, a pesar de ser un hombre de sesenta años. Yo no habría llegado a pelear por Kurtz, pero fui por él casi
hasta la mentira. Saben que odio, detesto y no soporto la mentira, no
porque yo sea más recto que los demás, sino simplemente porque
me horroriza. Hay una mancha de muerte, un sabor a mortalidad en
las mentiras, que es exactamente lo que odio y detesto en el mundo,
lo que quiero olvidar. Me hace sentir miserable y enfermo, como lo
haría si mordiera algo podrido. Temperamento, supongo. Bueno, me
acerqué bastante a ello al dejar que ese joven tonto creyera todo lo
que quisiera imaginar sobre mi influencia en Europa. Me convertí en
un instante en un farsante como el resto de los peregrinos embrujados. Todo esto, simplemente, porque tenía la idea de que, de alguna
manera, sería de ayuda para ese Kurtz al que en ese momento no
veía... ustedes entienden. Él era sólo una palabra para mí. No veía
al hombre en el nombre más que ustedes. ¿Lo ven? ¿Ven la historia?
¿Ven algo? Me parece que estoy tratando de contarles un sueño... un
intento vano, porque ninguna relación de un sueño puede transmitir
la sensación onírica, esa mezcla de absurdo, sorpresa y desconcierto

en un temblor de revuelta luchadora, esa noción de ser capturado por lo increíble, hecho de la esencia misma de los sueños...».

Guardó silencio durante un rato.

«... No, es imposible; es imposible transmitir la sensación de vida de cualquier época de la existencia de uno —lo que hace su verdad, su significado—, su esencia sutil y penetrante. Es imposible. Vivimos como soñamos, solos...».

Volvió a hacer una pausa, como si reflexionara, y luego añadió: «Por supuesto, en esto ustedes ven más de lo que yo podía ver entonces. Ustedes me ven a mí, a quien conocen...».

Estaba tan oscuro que los oyentes apenas podíamos vernos. Desde hacía mucho tiempo, él, sentado aparte, no era para nosotros más que una voz. No se oyó una palabra de nadie. Los demás podían estar dormidos, pero yo estaba despierto. Escuché, estuve atento a la frase, a la palabra, que me diera la clave de la tenue inquietud que me inspiraba esta narración que parecía formarse sin labios humanos en el pesado aire nocturno del río.

«... Sí, le dejé continuar», comenzó a decir Marlow nuevamente, «y pensar lo que quisiera sobre los poderes que estaban detrás de mí. Lo hice. Y no había nada detrás de mí. No había nada más que ese miserable, viejo y destrozado barco a vapor en el que me apoyaba, mientras él hablaba con soltura sobre "la necesidad de que todo hombre continúe con su vida". "Y cuando uno viene aquí, usted se da cuenta, no es para contemplar la luna". El señor Kurtz era un "genio universal", pero incluso un genio encontraría más fácil trabajar con "herramientas adecuadas, hombres inteligentes". Él no fabricaba ladrillos, porque había una imposibilidad física en ese sentido, como yo sabía muy bien; y si hacía trabajos de secretaría para el director, era porque "ningún hombre sensato rechaza gratuitamente la confianza de sus superiores". ¿Lo veía? Lo veía. ¿Qué más quería? Lo que yo quería era remaches, ¡por Dios! Remaches. Para seguir con el trabajo, para tapar el agujero. Quería remaches. Había cajas de remaches en la costa, cajas amontonadas, reventadas y partidas. En ese terreno de la estación, en la ladera, uno pisaba un remache suelto a cada dos pasos. Los remaches habían rodado hasta la arboleda de la muerte. Uno podía llenarse los bolsillos de remaches con sólo agacharse, y no había ni un solo remache donde se necesitaba. Teníamos placas que serían útiles, pero nada para sujetarlas. Y todas las semanas el mensajero, un negro solo, con la cartera al hombro y el bastón en la mano, salía de nuestra estación hacia la costa. Y varias veces a la semana llegaba una caravana de la costa con productos comerciales: un espantoso percal teñido que daba escalofríos sólo con mirarlo, cuentas de vidrio que valían un penique el cuarto, pañuelos de algodón manchados y confusos. Y ningún remache. Tres cargadores podrían haber traído todo lo que se necesitaba para poner a flote aquel barco a vapor.

«Ahora se estaba volviendo confidencial, pero me imagino que mi actitud, la falta de respuesta, debió de exasperarlo al final, porque juzgó necesario informarme de que no temía ni a Dios ni al diablo, y mucho menos a un simple hombre. Le dije que eso lo entendía muy bien, pero que lo que yo quería era una cierta cantidad de remaches, y remaches era lo que realmente quería el señor Kurtz, si hubiera sabido la situación. Ahora bien, las cartas iban a la costa cada semana... "Mi querido señor", gritó, "yo escribo lo que me dictan". Exigí remaches. Había una manera... para un hombre inteligente. Cambió sus modales; se puso muy frío, y de pronto comenzó a hablar de un hipopótamo; se preguntó si durmiendo a bordo del vapor (yo me aferraba a mi salvamento noche y día) no me molestaba. Había un viejo hipopótamo que tenía la mala costumbre de salir a la orilla y deambular de noche por los terrenos de la estación. Los peregrinos solían acudir en masa y le disparaban con todos los rifles que tenían a mano. Algunos incluso hacían guardia nocturna por él. Pero toda esta energía era desperdiciada. "Ese animal tiene una vida encantadora", dijo, "pero eso sólo se puede decir de los animales en este país. Ningún hombre, ¿me entiende?, ningún hombre tiene aquí una vida encantadora". Permaneció un momento a la luz de la luna con su delicada nariz ganchuda un poco torcida y sus ojos de mica brillando sin pestañear, y luego, con un cortante "buenas noches", se marchó. Pude ver que estaba perturbado y considerablemente desconcertado, lo que me hizo sentir más esperanzado de lo que había estado durante días. Fue un gran consuelo pasar de aquel tipo a mi influyente amigo, el maltrecho, retorcido y arruinado barco a vapor de hojalata. Subí a bordo. Sonaba bajo mis pies como una lata de galletas vacía de Huntley & Palmer pateada en una alcantarilla; no era tan sólido en su construcción, y bastante menos bonito en su forma, pero había gastado suficiente trabajo en él como para hacerme quererlo. Ningún amigo influyente me habría servido mejor. Me había dado la oportunidad de salir un poco, de descubrir lo que podía hacer. No, no me gusta el trabajo. Prefiero holgazanear y pensar en todas las cosas agradables que se pueden hacer. No me gusta el trabajo, a nadie le gusta, pero me gusta lo que hay en el trabajo, la oportunidad de encontrarse a uno mismo.

Su propia realidad, para uno mismo, no para los demás, lo que ningún otro hombre puede conocer. Ellos sólo pueden ver el mero espectáculo, y nunca pueden decir lo que realmente significa.

"No me sorprendió ver a alguien sentado en la popa, en la cubierta, con las piernas colgando sobre el barro. Como ven, yo me relacionaba con los pocos mecánicos que había en aquella estación, a los que los demás peregrinos despreciaban naturalmente, supongo que a causa de sus modales imperfectos. Éste era el capataz, un calderero de oficio, un buen trabajador. Era un hombre larguirucho, huesudo, de rostro amarillento y ojos grandes e intensos. Tenía un aspecto preocupado, y su cabeza era tan calva como la palma de mi mano; pero su pelo al caer parecía haberse pegado a la barbilla, y había prosperado en la nueva ciudad, pues su barba le llegaba hasta la cintura. Era viudo y tenía seis hijos pequeños (los había dejado a cargo de una hermana suya para ir allí), y la pasión de su vida era la colombofilia. Era un entusiasta y un conocedor. Hablaba maravillas de las palomas. Después de las horas de trabajo solía acercarse a veces desde su cabaña para hablar de sus hijos y sus palomas; en el trabajo, cuando tenía que arrastrarse por el barro bajo el fondo del barco a vapor, se ataba esa barba suya con una especie de servilleta blanca que llevaba a tal efecto. La enlazaba por encima de las orejas. Al atardecer se le podía ver en cuclillas en la orilla enjuagando esa envoltura en el arroyo con mucho cuidado, y luego extendiéndola solemnemente sobre un arbusto para que se secara.

«Le di una palmada en la espalda y le grité: "¡Tendremos remaches!". Se puso en pie exclamando "¡Realmente! ¡Remaches!", como si no pudiera creer lo que estaba escuchando. Luego, en voz baja, dijo: "Usted... ¿eh?". No sé por qué nos comportamos como lunáticos. Me llevé el dedo a la nariz y asentí misteriosamente. "Muy bien por usted", gritó, chasqueó los dedos por encima de la cabeza y levantó un pie. Intenté unos pasos de baile. Hicimos cabriolas en la cubierta de hierro. Un espantoso estruendo salió de aquel armatoste, y la selva virgen, a la otra orilla del arroyo, lo devolvió en un estruendoso redoble sobre la estación dormida. Debió de hacer que algunos de los peregrinos se sentasen en sus chozas. Una figura oscura oscureció la puerta iluminada de la cabaña del encargado, desapareció y, un segundo después, la propia puerta también desapareció. Nos detuvimos, y el silencio ahuyentado por el pisotón de nuestros pies volvió a fluir desde los recovecos de la tierra. El gran muro de vegetación —una masa exuberante y enmarañada de troncos, ramas, hojas, arbustos, festones— inmóvil a la luz de la luna era como una invasión alborotada de vida insonorizada, una ola movediza de plantas amontonadas, encrespadas, dispuestas a derrumbarse sobre el arroyo, a barrer a cada uno de nosotros de su pequeña existencia. Y no se movía. Un estallido apagado de poderosos chapoteos y resoplidos nos llegó desde lejos, como si un ictiosaurio se hubiera dado un baño de purpurina en el gran río. "Al fin y al cabo", dijo el calderero en tono razonable, "¿por qué no íbamos a conseguir los remaches?". ¿Por qué no? Yo no veía ninguna razón para no hacerlo. "Llegarán en tres semanas", dije con confianza.

«Pero no llegaron. En lugar de remaches llegó una invasión, una aflicción, una visita. Llegó por etapas durante las tres semanas siguientes, cada etapa encabezada por un burro que llevaba a un hombre blanco con ropa nueva y zapatos color canela, que se inclinaba desde esa altura a derecha e izquierda ante los impresionados peregrinos. Una banda pendenciera de negros enfurruñados pisaba los talones de los burros; un montón de tiendas de campaña, taburetes de campamento, cajas de hojalata, maletas blancas y fardos marrones eran derribados en el patio, y el aire de misterio se profundizaba un poco sobre el embrollo de la estación. Llegaron cinco entregas de este tipo, con su absurdo aire de huida desordenada con el botín de innumerables tiendas de ropa y almacenes de provisiones, que, uno pensaría, estaban arrastrando, después de una incursión, a la selva para una división equitativa. Era un desorden inextricable de cosas decentes en sí mismas, pero que la locura humana hacía parecer el botín de un robo.

«Esta devota banda se llamaba a sí misma la Expedición Exploradora de Eldorado, y creo que habían jurado guardar secreto. Sin embargo, su conversación era la de unos sórdidos bucaneros: era temeraria sin dureza, codiciosa sin audacia y cruel sin valentía; no había ni un átomo de previsión o de intención seria en todo el grupo, y no parecían conscientes de que estas cosas se necesitan para la obra del mundo. Arrancar un tesoro de las entrañas de la tierra era su deseo, sin más propósito moral detrás que el que tienen los ladrones al forzar una caja fuerte. No sé quién pagó los gastos de la noble empresa, pero el tío de nuestro director era el líder de ese grupo.

«En el exterior se parecía a un carnicero de un barrio pobre, y sus ojos tenían una mirada de astucia somnolienta. Llevaba su gorda panza con ostentación sobre sus cortas piernas, y durante el tiempo que su banda infestaba la estación no hablaba con nadie más que con su sobrino. Se podía ver a estos dos deambulando todo el día con las cabezas juntas en una eterna confabulación.

«Había dejado de preocuparme por los remaches. La capacidad de uno para ese tipo de locura es más limitada de lo que se supone. Me dije "déjalo", y dejé que las cosas siguieran su curso. Tenía mucho tiempo para meditar, y de vez en cuando pensaba en Kurtz. No estaba muy interesado en él. No. Sin embargo, tenía curiosidad por ver si este hombre, equipado con ideas morales de algún tipo, subiría a la cima después de todo, y cómo emprendería su trabajo una vez allí».

II

«Una noche, mientras estaba tumbado en la cubierta de mi barco de vapor, oí voces que se acercaban, y allí estaban el sobrino y el tío paseando por la orilla. Volví a apoyar la cabeza en el brazo, y casi me había perdido en un sopor, cuando alguien me dijo al oído, por así decirlo, "soy tan inofensivo como un niño, pero no me gusta que me den órdenes. ¿Soy el director... o no? Me ordenaron que lo envíe allí. Es increíble...". Me di cuenta de que los dos estaban de pie en la orilla, junto a la proa del barco de vapor, justo debajo de mi cabeza. No me moví; no se me ocurrió moverme: tenía sueño. "*Es* desagradable", gruñó el tío. "Ha pedido a la Administración que le envíen allí", dijo el otro, "con la idea de demostrar lo que puede hacer; y me han dado instrucciones para ello. Mira la influencia que debe tener ese hombre. ¿No es espantoso?". Ambos estuvieron de acuerdo en que era espantoso, y luego hicieron varios comentarios extraños: "Que haga buen o mal tiempo... un hombre... el Consejo... por la nariz...", frases absurdas que se apoderaron de mi somnolencia, de modo que ya había recobrado casi toda mi cordura cuando el tío dijo, "El clima puede acabar con esta dificultad suya. ¿Él está solo allí?". "Sí", contestó el administrador; "envió a su ayudante río abajo con una nota para mí en estos términos: 'Saque a este pobre diablo de la región, y no se moleste en enviar más personas de ese tipo. Prefiero estar solo que tener conmigo la clase de hombres que usted no necesita'. Fue hace más de un año. ¿Puede imaginar semejante descaro?". "¿Algo más desde entonces?", preguntó el otro, con voz ronca. "Marfil", dijo el sobrino, "mucho, mucho y, lo más molesto, de él". "¿Y con eso?", cuestionó el pesado retumbante. "La factura", fue la respuesta disparada, por así decirlo. Luego, silencio. Habían estado hablando de Kurtz.

«En ese momento yo ya estaba bien despierto, pero, al estar perfectamente cómodo, me quedé quieto, sin tener ningún incentivo para cambiar mi posición. "¿Cómo ha llegado ese marfil hasta aquí?", gruñó el hombre más viejo, que parecía muy enfadado. El otro explicó que había llegado con una flota de canoas a cargo de un empleado mestizo inglés que Kurtz tenía con él; que Kurtz, al parecer, había tenido la intención de regresar él mismo, ya que la estación estaba entonces desprovista de bienes y tiendas, pero que, después de haber recorrido trescientas millas, había decidido repentinamente regresar, lo que empezó a hacer solo en una pequeña canoa con cuatro remeros, dejando que el mestizo continuara río abajo con el marfil. Los dos compañeros parecían asombrados de que alguien intentara algo así. No encontraban un motivo adecuado. En cuanto a mí, me pareció ver a Kurtz por primera vez. Fue una visión clara: el bote, cuatro salvajes remando, y el solitario hombre blanco dando la espalda repentinamente al cuartel general, al alivio, a los pensamientos del hogar... tal vez; afrontando las profundidades de la selva, dirigiéndose hacia su estación vacía y desolada. Yo no sabía el motivo. Tal vez era simplemente un buen tipo que se aferraba a su trabajo por su propio bien. Su nombre, como comprenderán, no había sido pronunciado ni una sola vez. Era "ese hombre". El mestizo, que, por lo que pude ver, había conducido un viaje difícil con gran prudencia y coraje, era invariablemente aludido como "ese sinvergüenza". El "sinvergüenza" había informado de que el "hombre" había estado muy enfermo y se había recuperado imperfectamente... Los dos que estaban debajo de mí se alejaron entonces unos pasos, y se pasearon de un lado a otro a cierta distancia. Oí: "Puesto militar... doctor... doscientas millas... ya bastante solo... retrasos inevitables... nueve meses...ninguna noticia... rumores extraños". Se acercaron de nuevo, justo cuando el director decía "nadie, que yo sepa, a no ser una especie de comerciante errante... un tipo pestilente, que roba marfil a los nativos". ¿De quién hablaban ahora? En un momento dado deduje que se trataba de un hombre que se suponía que estaba en el distrito de Kurtz, y que el director no aprobaba. "No nos libraremos de la competencia desleal hasta que uno de estos tipos sea colgado como ejemplo", dijo. "Ciertamente", gruñó el otro; "¡que lo cuelguen! ¿Por qué no? Cualquier cosa... cualquier cosa se puede hacer en este país. Eso es lo que yo digo; nadie aquí, entiende, *aquí*, puede poner en peligro su posición. ¿Y por qué? Usted resiste el clima... usted sobrevive a todos ellos. El peligro está en Europa; pero allí, antes de partir, me ocupé de...". Se apartaron y susurraron, y luego volvieron a alzar la voz. "La extraordinaria serie de retrasos no es culpa mía. Hice lo que pude". El gordo suspiró, "Muy triste". "Y la absurda y pestilente forma de hablar", continuó el otro; "ya me molestó bastante cuando estuvo aquí. 'Cada estación debe ser como un faro en el camino hacia algo mejor, un centro para el comercio, por supuesto, pero también para humanizar, mejorar, instruir'. ¡Imagínese... ese asno! ¡Y quiere ser director! No, es...". Aquí se ahogó por la excesiva indignación, y yo levanté la cabeza mínimamente. Me sorprendió ver lo cerca que estaban, justo debajo de mí. Podría haber escupido sobre sus sombreros. Estaban mirando hacia el suelo, absortos en sus pensamientos. El director se fustigaba la pierna con una ramita delgada: su sagaz pariente levantó la cabeza. "¿Ha estado bien todo este tiempo, desde su llegada?", preguntó. El otro dio un respingo. "¿Quién? ¿Yo? ¡Oh! Como un encanto... como un encanto. Pero el resto... ¡Oh, Dios mío! Todos enfermos. Y se mueren tan rápido que no tengo tiempo de enviarlos fuera del país... ¡es increíble!"... "Hum. Así es", gruñó el tío. "Ah, muchacho, confíe en esto... le digo, confíe en esto". Le vi extender su corto brazo en un gesto que abarcaba el bosque, el arroyo, el lodo, el río... y que parecía llamar con una floritura deshonrosa a la cara iluminada por el sol de la tierra, un llamamiento traicionero a la muerte acechante, al mal oculto, a la profunda oscuridad de su corazón. Fue tan sorprendente que me puse en pie de un salto y miré hacia el borde del bosque, como si esperara algún tipo de respuesta a aquella negra muestra de confianza. Ya saben las tonterías que se le ocurren a uno a veces. La alta quietud se enfrentaba a estas dos figuras con su ominosa paciencia, esperando el paso de una fantástica invasión.

«Maldijeron juntos en voz alta... creo que de puro miedo... y luego, fingiendo no saber nada de mi existencia, se volvieron hacia la estación. El sol estaba bajo e, inclinándose uno al lado del otro, parecían estar tirando penosamente cuesta arriba de sus dos ridículas sombras de desigual longitud que se arrastraban detrás de ellos lentamente sobre la alta hierba sin doblar una sola brizna.

«En pocos días la Expedición de Eldorado se adentró en la selva paciente, que se cerró sobre ella como el mar se cierra sobre un buzo. Mucho tiempo después llegó la noticia de que todos los burros habían muerto. No sé nada sobre el destino de los animales menos valiosos. Ellos, sin duda, como el resto de nosotros, encontraron su merecido. No pregunté. Estaba bastante excitado ante la perspectiva de encontrarme con Kurtz muy pronto. Cuando digo "muy pronto", lo digo comparativamente. Habían pasado sólo dos meses desde el día en que dejamos el arroyo hasta que llegamos a la orilla, debajo de la estación de Kurtz.

«Remontar ese río era como viajar a los primitivos comienzos del mundo, cuando la vegetación se alborotaba en la tierra y los grandes árboles eran reyes. Un arroyo vacío, un gran silencio, un bosque impenetrable. El aire era cálido, espeso, pesado, perezoso. No había alegría en el brillo del sol. Los largos tramos del curso de agua avanzaban, desiertos, hacia la penumbra de las distancias ensombrecidas. En los bancos de arena plateada, los hipopótamos y los caimanes tomaban el sol uno al lado del otro. Las aguas, cada vez más anchas, fluían a través de una multitud de islas boscosas; uno se perdía en aquel río como lo haría en un desierto, y chocaba todo el día contra los bancos de arena, tratando de encontrar el cauce, hasta que uno se creía hechizado y aislado para siempre de todo lo que había conocido una vez... en algún lugar lejano... en otra existencia tal vez. Había momentos en que el pasado volvía a uno, como ocurre a veces cuando no se tiene un momento para uno mismo; pero venía en forma de un sueño inquieto y ruidoso, recordado con asombro entre las realidades abrumadoras de este extraño mundo de plantas, agua y silencio. Y esta quietud de la vida no se parecía en nada a una paz. Era la quietud de una fuerza implacable que meditaba una intención inescrutable. Le miraba a uno con un aspecto vengativo. Después me acostumbré a ella; ya no la veía; no tenía tiempo. Tenía que seguir conjeturando en el canal; tenía que discernir, sobre todo por inspiración, las señales de las orillas ocultas; vigilaba las piedras hundidas; estaba aprendiendo a apretar mis dientes con fuerza antes de que se me saliera el corazón cuando raspábamos por casualidad algún viejo escollo infernal que habría arrancado la vida del barco a vapor hecho de hojalata y ahogado a todos los peregrinos; tenía que estar atento a las señales de madera seca que podíamos cortar durante la noche para la navegación del día siguiente. Cuando uno tiene que atender a cosas de ese tipo, a los meros incidentes de la superficie, la realidad... la realidad, les digo... se desvanece. La verdad interior está oculta... por suerte, por suerte. Pero igualmente la sentí; sentí a menudo su misteriosa quietud observándome en mis trucos de mono, igual que los observa a ustedes trabajando en sus respectivas cuerdas flojas por... ¿qué es? media corona la vuelta...».

«Intente ser más cortés, Marlow», gruñó una voz, y supe que había al menos un oyente despierto además de mí.

«Le pido perdón. Me olvidé de la angustia que constituye el resto del precio. ¿Y qué importa el precio, si el truco está bien hecho? Usted hace sus trucos muy bien. Y yo tampoco lo hice mal, ya que me las arreglé para no hundir ese barco a vapor en mi primer viaje. Todavía me maravilla. Imaginen a un hombre con los ojos vendados dispuesto a conducir una furgoneta por una carretera en mal estado. Puedo decir que sudé y temblé bastante en ese asunto. Después de todo, para un marinero, raspar el fondo de la cosa que se supone que flota todo el tiempo bajo su cuidado es el pecado imperdonable. Puede que nadie lo sepa, pero nunca se olvida el golpe... ¿eh? Un golpe en el mismísimo corazón. Uno lo recuerda, sueña con él, se despierta por la noche y piensa en él... años después... y uno siente escalofríos por ello. No pretendo decir que ese barco a vapor flotó todo el tiempo. Más de una vez tuvo que vadear un poco, con veinte caníbales chapoteando y empujando. Habíamos reclutado a algunos de estos tipos en el camino para formar una tripulación. Buenos compañeros... caníbales... en su lugar. Eran hombres con los que se podía trabajar, y les estoy agradecido. Y, después de todo, no se comieron los unos a los otros delante de mi cara: habían traído una provisión de carne de hipopótamo que se pudrió e hizo que el misterio de la selva apestara en mis fosas nasales. ¡Uf! Todavía puedo olerlo. Tenía al director a bordo y a tres o cuatro peregrinos con sus bastones... barco completo. A veces llegábamos a una estación cercana a la orilla, aferrados a las faldas de lo desconocido, y los hombres blancos que salían apresuradamente de una casucha derruida, con grandes gestos de alegría y sorpresa y bienvenida, parecían muy extraños... tenían la apariencia de estar cautivos allí por un hechizo. La palabra marfil resonaba en el aire durante un rato... y volvíamos a adentrarnos en el silencio, a lo largo de tramos vacíos, alrededor de las curvas tranquilas, entre las altas paredes de nuestro camino sinuoso, reverberando en aplausos huecos el pesado golpe de la rueda de popa. Árboles, árboles, millones de árboles, macizos, inmensos, que corrían hacia lo alto; y a su pie, abrazando la orilla contra el arroyo, se arrastraba el pequeño y demacrado barco a vapor, como un escarabajo perezoso que se arrastra por el suelo de un pórtico elevado. Le hacía sentir a uno muy pequeño, muy perdido, y sin embargo no era del todo deprimente ese sentimiento. Al fin y al cabo, si bien uno se sentía pequeño, el mugriento escarabajo seguía arrastrándose... que era justamente lo que yo quería que hiciera. A dónde imaginaban los peregrinos que se arrastraba, no lo sé. ¡Apuesto a que a algún lugar donde esperaban conseguir algo! Para mí se arrastraba hacia Kurtz, exclusivamente; pero cuando las tuberías de vapor empezaron a gotear, nos arrastramos muy lentamente. Los tramos se abrían ante nosotros y se cerraban detrás, como si el bosque hubiera atravesado tranquilamente el agua para impedirnos el regreso. Nos adentramos más y más en el corazón de las tinieblas. El lugar era muy silencioso. Por la noche, a veces el redoble de los tambores detrás de la cortina de árboles subía por el río y se mantenía débilmente, como si flotara en el aire por encima de nuestras cabezas, hasta el primer rayo del día. No sabíamos si significaba la guerra, la paz o la oración. Los amaneceres eran anunciados por el descenso de una fría quietud; los leñadores dormían, sus fuegos ardían débilmente; el chasquido de una ramita le hacía a uno sobresaltarse. Éramos vagabundos en una tierra prehistórica, en una tierra que tenía el aspecto de un planeta desconocido. Podríamos habernos creído los primeros hombres que tomaban posesión de una herencia maldita, a la que había que subyugar a costa de una profunda angustia y de un trabajo excesivo. Pero de repente, al doblar un recodo, se vislumbraban paredes de juncos, tejados de hierba, un estallido de gritos, un torbellino de miembros negros, una masa de manos que aplaudían, de pies que zapateaban, de cuerpos que se balanceaban, de ojos que giraban, bajo la caída de un follaje pesado e inmóvil. El vapor avanzaba lentamente al borde de un negro e incomprensible frenesí. El hombre prehistórico nos maldecía, nos rezaba, nos daba la bienvenida... ¿quién podría decirlo? Estábamos aislados de la comprensión de lo que nos rodeaba; pasábamos como fantasmas, maravillados y secretamente horrorizados, como lo estarían los hombres cuerdos ante un estallido de entusiasmo en un manicomio. No podíamos entender, porque estábamos demasiado lejos y no podíamos recordar, porque viajábamos en la noche de las primeras edades, de esas edades que se han ido... dejando apenas una señal y ningún recuerdo.

«La tierra parecía sobrenatural. Estamos acostumbrados a mirar la forma encadenada de un monstruo conquistado, pero allí... se podía mirar una cosa monstruosa y libre. Era sobrenatural, y los hombres eran... no, no eran inhumanos. Bueno, eso era lo peor, esa sospecha de que no eran inhumanos. Uno se daba cuenta poco a poco. Aullaban, saltaban, giraban y ponían caras horribles; pero lo que a uno le emocionaba era sólo la idea de su humanidad... la misma de ustedes... la idea de un remoto parentesco con este alboroto salvaje y apasionado. Feo. Sí, era bastante feo; pero si uno fuera lo suficientemente hombre, admitiría que había en uno el más leve rastro de una respuesta a la terrible franqueza de ese ruido, una tenue sospecha de que había un significado en él que uno... uno, tan alejado de la noche de las primeras edades... podría comprender. ¿Y por qué no? La mente del hombre es capaz de todo, porque todo está en ella, todo el pasado y todo el futuro. ¿Qué había allí después de todo? Alegría, miedo, dolor, devoción, valor, rabia, ¿quién puede decirlo? Pero la verdad... la verdad despojada de su manto de tiempo. Que el tonto se quede boquiabierto y se estremezca... el hombre sabe, y puede mirar sin pestañear. Pero al menos debe ser tan hombre como

estos en la orilla. Debe enfrentarse a esa verdad con su propio peso...
con su propia fuerza innata. ¿Principios? Los principios no sirven.
Adquisiciones, ropas, trapos bonitos... trapos que desaparecerían a
la primera sacudida. No; uno quiere una creencia deliberada. Que
alguien me llame a mí en esta fila diabólica... ¿existe? Muy bien; es-
cucho; lo admito, pero yo también tengo una voz, y para bien o para
mal la mía es la que no puede ser silenciada. Claro que un tonto, con
el susto y los buenos sentimientos, siempre está a salvo. ¿Quién es
ese gruñón? ¿Les sorprende que no haya bajado a tierra para aullar y
bailar? Bueno, no... no lo hice. ¿Buenos sentimientos, dicen? ¡Buenos
sentimientos, que me cuelguen! No tenía tiempo. Tuve que jugar con
plomo blanco y tiras de manta de lana para ayudar a poner parches
en esas tuberías de vapor que goteaban... les digo. Tuve que vigilar el
timón, sortear los obstáculos y hacer avanzar esa lata por las buenas
o las malas. Había suficiente verdad en estas cosas para salvar a un
hombre más sabio. Y entre tanto tenía que cuidar al salvaje que hacía
de fogonero. Era un espécimen mejorado; podía encender una caldera vertical. Estaba allí, debajo de mí, y, a decir verdad, mirarlo era tan
edificante como ver a un perro con pantalones falsos y un sombrero
de plumas, caminando sobre sus patas traseras. Unos cuantos meses
de entrenamiento habían formado a aquel buen tipo. Entornaba los
ojos hacia el medidor de vapor y el medidor de agua con un evidente
esfuerzo de intrepidez... y también tenía los dientes limados, el pobre diablo, y la lana de su coronilla afeitada en extraños dibujos, y
tres cicatrices ornamentales en cada una de sus mejillas. Hubiera
estado aplaudiendo y zapateando en la orilla, en lugar de eso estaba
trabajando arduamente, esclavizado por una extraña brujería, lleno
de mejores conocimientos. Era útil porque había sido instruido; y lo
que sabía era esto... que si el agua de aquella cosa transparente desaparecía, el espíritu maligno del interior de la caldera se enfadaría
por la grandeza de su sed y se tomaría una terrible venganza. Así
que sudó y se animó y vigiló el cristal temerosamente (con un im-
provisado amuleto, hecho de trapos, atado a su brazo, y un trozo de
hueso pulido, tan grande como un reloj, clavado de plano en su labio
inferior), mientras las riberas boscosas se deslizaban lentamente a
nuestro lado, el corto ruido quedaba atrás, las interminables millas
de silencio... y nos arrastrábamos, hacia Kurtz. Pero los escollos eran
espesos, el agua era traicionera y poco profunda, la caldera parecía
en verdad llevar un diablo enfurecido, y así ni aquel fogonero ni yo
tuvimos tiempo de asomarnos a nuestros espeluznantes pensa-

mientos.

«A unas cincuenta millas por debajo de la Estación Interior nos encontramos con una cabaña de juncos, un poste inclinado y melancólico, del que ondeaban los jirones irreconocibles de lo que había sido una especie de bandera, y un montón de leña pulcramente apilada. Esto era inesperado. Llegamos a la orilla y, sobre la pila de leña, encontramos un trozo de tabla plana con una escritura borrosa, hecha a lápiz. Al descifrarla, decía: "Leña para ustedes. Dense prisa. Acérquense con precaución". Había una firma, pero era ilegible, no Kurtz, una palabra mucho más larga. "Dense prisa". ¿Adónde? ¿Arriba del río? "Acérquense con precaución". No lo habíamos hecho. Pero la advertencia no podía estar destinada al lugar donde sólo se podía encontrar después de acercarse. Algo estaba mal allá arriba. ¿Pero qué... y qué tanto? Esa era la cuestión. Comentamos negativamente la imbecilidad de aquel estilo telegráfico. Los arbustos de alrededor no decían nada, y tampoco nos dejaban mirar muy lejos. Una cortina desgarrada de sarga roja colgaba en la puerta de la cabaña y se agitaba tristemente en nuestras caras. La vivienda estaba desmantelada, pero pudimos ver que un hombre blanco había vivido allí no hace mucho tiempo. Quedaba una mesa rústica... un tablón sobre dos postes; un montón de basura reposaba en un rincón oscuro, y junto a la puerta recogí un libro. Había perdido las tapas, y las páginas habían sido pulverizadas hasta llegar a un estado de extrema suciedad; pero el lomo había sido cosido de nuevo con cariño con hilo de algodón blanco, que aún parecía limpio. Era un hallazgo extraordinario. Su título era *Una investigación sobre algunos aspectos de la navegación*, por un hombre llamado Tower, Towson, o algo así, Maestro de la Armada de Su Majestad. El asunto parecía bastante aburrido de leer, con diagramas ilustrativos y tablas de figuras repulsivas, y el ejemplar tenía sesenta años de antigüedad. Manejé esta asombrosa antigüedad con la mayor ternura posible, para que no se disolviera en mis manos. En su interior, Towson o Towser indagaba seriamente sobre la tensión necesaria para romper las cadenas y los aparejos de los barcos, y otros asuntos similares. No era un libro muy cautivador, pero al primer vistazo se podía ver una intención única, una preocupación honesta por la manera correcta de trabajar, que hacía que estas humildes páginas, pensadas hace tantos años, fueran luminosas con otra luz que la profesional. El sencillo y viejo marinero, con su charla sobre cadenas y tuercas, me hizo olvidar la selva y los peregrinos en una deliciosa sensación de haber dado con algo inequívocamente real. El hecho de que un libro así estuviera allí era suficientemente maravilloso; pero aún más asombroso eran las notas escritas a lápiz en el margen, que se referían claramente al texto. No podía creer lo que veían mis ojos. ¡Estaban en clave! Sí, parecía cifrado. Imagínese a un hombre cargando con un libro así en este lugar y estudiándolo, y tomando notas, ¡en clave! Era un misterio extravagante.

«Llevaba un rato percibiendo un ruido preocupante, y cuando levanté los ojos vi que la pila de leña había desaparecido, y el director, ayudado por todos los peregrinos, me gritaba desde la orilla del río. Metí el libro en el bolsillo. Les aseguro que dejar de leer fue como arrancarme del refugio de una vieja y sólida amistad.

«Puse en marcha el cojo motor por adelantado. "Debe ser este miserable comerciante, este intruso", exclamó el director, mirando malévolamente hacia el lugar que habíamos dejado. "Debe ser un inglés", dije. "Eso no le salvará de meterse en problemas si no tiene cuidado", murmuró el director en tono sombrío. Observé con supuesta inocencia que ningún hombre estaba a salvo de problemas en este mundo.

«La corriente era más rápida ahora, el barco parecía estar en su último aliento, la rueda de popa se movía lánguidamente, y me sorprendí a mí mismo escuchando en puntas de pie el siguiente latido del barco, porque en verdad esperaba que la desdichada cosa se rindiera en cualquier momento. Era como ver los últimos destellos de una vida. Pero aún así nos arrastramos. A veces elegía un árbol un poco más adelante para medir nuestro progreso hacia Kurtz, pero lo perdía invariablemente de vista antes de que llegáramos a esa altura. Mantener los ojos tanto tiempo en una cosa era demasiado para la paciencia humana. El director mostró una hermosa resignación. Me preocupé y eché humo y me puse a discutir conmigo mismo si hablaría o no abiertamente con Kurtz; pero antes de llegar a ninguna conclusión se me ocurrió que mi discurso o mi silencio, en realidad cualquier acción mía, sería una mera inutilidad. ¿Qué importaba lo que alguien supiera o ignorara? ¿Qué importaba quién era el director? A veces uno tiene un destello de perspicacia como éste. Lo esencial de este asunto se encontraba en las profundidades de la superficie, fuera de mi alcance y de mi poder de intromisión.

«Hacia el atardecer del segundo día nos encontramos a unas ocho millas de la estación de Kurtz. Yo quería seguir adelante, pero el jefe tenía un aspecto grave y me dijo que la navegación hasta allí era tan peligrosa que sería aconsejable, ya que el sol estaba muy bajo, esperar donde estábamos hasta la mañana siguiente. Además, me indicó que si había que seguir la advertencia de acercarse con precaución, debíamos hacerlo a la luz del día, no al anochecer ni en la oscuridad. Esto era bastante sensato. Ocho millas significaban casi tres horas de navegación para nosotros, y también podía ver ondas sospechosas en la parte superior del tramo. Sin embargo, me molestó mucho la demora, y de manera irrazonable, ya que una noche más no podía importar mucho después de tantos meses. Como teníamos mucha madera, y precaución era la palabra, subí al centro de la corriente. El tramo era estrecho, recto, con lados altos como una trinchera de ferrocarril. El crepúsculo se deslizaba en él mucho antes de que se pusiera el sol. La corriente corría suave y rápida, pero una muda inmovilidad se apoderaba de las orillas. Los árboles vivientes, unidos por las enredaderas y todos los arbustos vivos del sotobosque, podrían haberse convertido en piedra, incluso hasta la ramita más delgada, hasta la hoja más ligera. No era un sueño sino algo que parecía antinatural, como un estado de trance. No se oía el más leve sonido de ningún tipo. Uno miraba asombrado y empezaba a sospechar que estaba sordo; entonces la noche llegó de repente y uno además se volvía ciego. Hacia las tres de la mañana saltaron unos peces grandes y el fuerte chapoteo me sobresaltó, como si hubieran disparado un arma. Cuando salió el sol había una niebla blanca, muy cálida y pegajosa y más cegadora que la noche. No se desplazaba ni se movía; simplemente estaba ahí, alrededor nuestro, como algo sólido. A las ocho o nueve, quizás, se levantó como se levanta una persiana. Tuvimos una visión de la imponente multitud de árboles, de la inmensa jungla enmarañada, con la pequeña bola ardiente del sol colgando sobre ella, todo perfectamente quieto, y luego la persiana blanca volvió a bajar, suavemente, como si se deslizara en ranuras engrasadas. Ordené que la cadena, que habíamos empezado a meter, volviera a salir. Antes de que dejara de correr con un traqueteo sordo, un grito, un grito muy fuerte, como de desolación infinita, se elevó lentamente en el aire opaco. Cesó. Un clamor quejoso, modulado en salvajes discordias, llenó nuestros oídos. Lo inesperado del hecho hizo que mis cabellos se agitaran bajo el gorro. No sé cómo les impactó a los demás: a mí me pareció como si la propia niebla hubiera gritado, tan repentinamente, y aparentemente de todos lados a la vez, surgió este tumultuoso y lúgubre alboroto. Culminó en un apresurado estallido de chillidos casi intolerablemente excesivos, que se detuvo en seco, dejándonos rígidos en una variedad de actitudes tontas, y escuchando obstinadamente el silencio casi tan espantoso y excesivo. "¡Dios mío! ¿Qué significa...?", tartamudeó a mi lado uno de los peregrinos, un hombrecillo gordo, de pelo arenoso y bigotes rojos, que llevaba botas con suela de goma y un pijama rosa metido dentro de los calcetines. Otros dos permanecieron con la boca abierta un minuto entero, y luego se precipitaron al pequeño camarote, para salir inmediatamente y quedarse lanzando miradas asustadas, con las Winchesters "listas" en sus manos. Lo que pudimos ver fue sólo el barco de vapor en el que estábamos, con sus contornos borrosos como si hubiera estado a punto de disolverse, y una franja de agua brumosa, de unos dos pies de ancho, a su alrededor, y eso fue todo. En cuanto a nuestros ojos y oídos, el resto del mundo no estaba en ninguna parte. Simplemente en ninguna parte. Desaparecido, barrido sin dejar un suspiro o una sombra detrás.

«Me adelanté y ordené que se tirara de la cadena para que estuviera lista para levantar el ancla y mover el barco de vapor de inmediato si era necesario. "¿Atacarán?", susurró una voz atónita. "Nos matarán a todos con esta niebla", murmuró otra. Los rostros se crispaban por la tensión, las manos temblaban ligeramente, los ojos se olvidaban de pestañear. Era muy curioso ver el contraste de las expresiones de los hombres blancos y la de los negros de nuestra tripulación, que eran tan extraños a esa parte del río como nosotros, aunque sus hogares estaban a sólo ochocientas millas de distancia. Los blancos, por supuesto muy descompuestos, tenían además una curiosa expresión de estar dolorosamente sorprendidos por tan escandalosa riña. Los demás tenían una expresión de alerta, naturalmente interesada; pero sus rostros estaban esencialmente tranquilos, incluso los de uno o dos cuyas dentaduras brillaban mientras tiraban de la cadena. Varios intercambiaron frases cortas y gruñidos, que parecían resolver el asunto a su satisfacción. Su jefe, un joven negro de pecho ancho, severamente ataviado con telas de flecos azul oscuro, con fieras fosas nasales y el pelo artísticamente recogido en aceitosos tirabuzones, estaba cerca de mí. "Ah", dije, sólo por buena camaradería. "Atrápenlos", dijo, con los ojos inyectados en sangre y un destello de dientes afilados, "atrápenlos. Entréguenoslos". "A ustedes, ¿eh?", pregunté: "¿Qué harían con ellos?". "¡Comerlos!", dijo secamente, y, apoyando el codo en la barandilla, miró hacia la niebla en una actitud digna y profundamente pensativa. Sin duda me habría horrorizado de verdad si no se me hubiera ocurrido que él y sus compañeros debían de estar muy hambrientos: que debían de estar cada vez más hambrientos desde hacía por lo menos este mes. Llevaban seis meses contratados (no creo que ninguno de ellos tuviera una idea clara del tiempo, como la tenemos nosotros al final de incontables épocas. Todavía pertenecían al principio de los tiempos... no tenían ninguna experiencia heredada que les enseñara, por así decirlo) y, por supuesto, mientras hubiera un trozo de papel escrito de acuerdo con una u otra ley farsante hecha río abajo, a nadie le entraba en la cabeza preocuparse por cómo iban a vivir. Ciertamente, habían traído consigo algo de carne de hipopótamo podrida, que de todos modos no habría durado mucho tiempo, aún si los peregrinos no hubieran arrojado por la borda buena parte de ella en medio de un escandaloso alboroto. Parecía un procedimiento prepotente; pero en realidad era un caso de legítima defensa. No se puede respirar un hipopótamo muerto al despertar, dormir y comer, y al mismo tiempo mantener el precario control de la existencia. Además, les habían dado cada semana tres trozos de alambre de bronce, de unas nueve pulgadas de largo cada uno; y la teoría era que debían comprar sus provisiones con esa moneda en las aldeas de la ribera. Ya ven cómo funcionaba *eso*. O no había pueblos, o la gente era hostil, o el director, que como el resto de nosotros se alimentaba de latas, con algún viejo cabrito de vez en cuando, no quería parar el vapor por alguna razón más o menos recóndita. Así que, a menos que se tragaran el propio alambre o hicieran lazos con él para atrapar a los peces, no veo de qué les podía servir su extravagante salario. Debo decir que se pagaba con una regularidad digna de una gran y honorable compañía comercial. Por lo demás, lo único que se podía comer, aunque no parecía en absoluto comestible, que vi en su poder eran unos cuantos terrones de algo parecido a una masa a medio cocer, de un sucio color lavanda, que guardaban envueltos en hojas y de los que de vez en cuando se tragaban un trozo, pero tan pequeño que parecía hecho más por el aspecto de la cosa que por cualquier propósito serio de sustento. Por qué, en nombre de todos los demonios del hambre, no fueron a por nosotros, eran treinta contra cinco, y se dieron un buen atracón de una vez, me asombra ahora cuando lo pienso. Eran hombres grandes y poderosos, con poca capacidad para sopesar las consecuencias, con valor, con fuerza aún, aunque sus pieles ya no eran lustrosas ni sus músculos duros. Y vi que allí había entrado en juego algo restrictivo, uno de esos secretos humanos que desconciertan la probabilidad. Los miré con un rápido interés, no porque se me ocurriera que podrían devorarme antes de mucho tiempo, aunque les confieso que justo en ese momento percibí —bajo una nueva luz, por así decirlo— el aspecto poco saludable de los peregrinos, y esperé, sí, esperé positivamente, que mi aspecto no fuera tan... cómo decirlo... tan... poco apetecible: un toque de fantástica vanidad que encajaba bien con la sensación de sueño que impregnaba todos mis días en ese momento. Quizás también tenía un poco de fiebre. Uno no puede vivir con el dedo eternamente tomando el pulso. A menudo tenía "un poco de fiebre", o un pequeño brote de otras cosas, los juguetones zarpazos de la naturaleza, los preliminares antes de la más seria embestida que llega a su debido tiempo. Sí; los miraba como a cualquier ser humano, con curiosidad por sus impulsos, sus motivos, sus capacidades, sus debilidades, cuando eran puestos a prueba por una inexorable necesidad física. ¡Contención! ¿Qué tipo de contención era posible? ¿Fue la superstición, el asco, la paciencia, el miedo, o algún tipo de honor primitivo? Ningún miedo puede resistir el hambre, ninguna paciencia puede agotarla, el asco sencillamente no existe donde hay hambre; y en cuanto a la superstición, a las creencias y a lo que ustedes pueden llamar principios, son menos que paja en la brisa. ¿No conocen ustedes la diablura de la inanición persistente, su tormento exasperante, sus negros pensamientos, su ferocidad sombría y melancólica? Pues yo sí. Se necesita toda la fuerza innata de un hombre para luchar adecuadamente contra el hambre. Es realmente más fácil enfrentarse al duelo, a la deshonra y a la perdición del alma que a este tipo de hambre prolongada. Triste, pero cierto. Y estos tipos tampoco tenían ninguna razón terrenal para tener ningún tipo de escrúpulo. ¡Contención! De la misma manera podría haber esperado contención de una hiena que merodea entre los cadáveres de un campo de batalla. Pero estaba el hecho frente a mí, el hecho deslumbrante, a la vista, como la espuma en las profundidades del mar, como una ondulación en un enigma insondable, un misterio más grande, cuando lo pensé, que la curiosa e inexplicable nota de dolor desesperado en este salvaje clamor que nos había llegado en la orilla del río, detrás de la ciega blancura de la niebla.

«Dos peregrinos discutían en susurros apresurados sobre qué orilla. "La izquierda". "No, no; ¿cómo podría? Derecha, derecha, por supuesto". "Es muy importante", dijo la voz del director detrás de mí, "lamentaría que le ocurriera algo al señor Kurtz antes de que llegáramos". Le miré y no tuve la menor duda de que era sincero. Era el tipo de hombre que querría guardar las apariencias. Ésa era su moderación. Pero cuando murmuró algo acerca de continuar de inmediato, ni siquiera me tomé la molestia de responderle. Yo sabía, y él también, que era imposible. Si nos soltáramos del fondo, estaríamos absolutamente en el aire, en el espacio. No podríamos saber hacia dónde nos dirigíamos, si hacia arriba o hacia abajo, o al otro lado, hasta que nos topáramos con una u otra orilla, y hasta entonces no sabríamos cuál era. Por supuesto, no hice ningún movimiento. No quería un accidente. No se puede imaginar un lugar más mortal para un naufragio. Tanto si nos ahogábamos de inmediato como si no estábamos seguros de perecer rápidamente de una forma u otra. "Le autorizo a correr todos los riesgos", dijo, tras un breve silencio. "Me niego a correr el riesgo que sea", dije brevemente, lo cual era exactamente la respuesta que él esperaba, aunque el tono de la frase pudo haberle sorprendido. "Bueno, tengo que someterme a su juicio. Usted es el capitán", dijo con una marcada cortesía. Giré mi hombro hacia él en señal de agradecimiento y miré hacia la niebla. ¿Cuánto tiempo duraría? Era un panorama de lo más desesperanzador. Acercarse a ese Kurtz que rebuscaba el marfil en la mísera maleza estaba rodeado de tantos peligros como si hubiera sido una princesa encantada que dormía en un castillo fabuloso. "¿Cree usted que atacarán?", preguntó el director, en tono confidencial.

«No pensé que atacarían, por varias razones obvias. La espesa niebla era una de ellas. Si salían de la orilla en sus canoas se perderían en ella, al igual que nosotros si intentábamos movernos. Sin embargo, también había considerado que la selva de ambas orillas era bastante impenetrable, y sin embargo había ojos en ella, ojos que nos habían visto. Los arbustos de la orilla del río eran ciertamente muy espesos; pero la maleza de detrás podía evidentemente ser penetrada. Sin embargo, durante el corto trayecto no había visto ninguna canoa en ninguna parte del trayecto, ciertamente no al lado del barco a vapor. Pero lo que me hacía inconcebible la idea de un ataque era la naturaleza del ruido... de los gritos que habíamos oído. No tenían el carácter feroz que presagiaba una intención hostil inmediata. Inesperados, salvajes y violentos como habían sido, me habían dado una irresistible impresión de tristeza. La visión del barco a vapor había llenado, por alguna razón, a aquellos salvajes de una pena incontenible. El peligro, si es que había alguno, expuse, provenía de nuestra proximidad a una gran pasión humana desatada. Incluso el dolor extremo puede acabar por desahogarse con violencia, pero generalmente adopta la forma de apatía...

«¡Deberían haber visto la mirada de los peregrinos! No tenían corazón para sonreír, ni siquiera para injuriarme; pero creo que pensaron que me había vuelto loco... de miedo, tal vez. Di una charla normal. Mis queridos muchachos, no era necesario molestarse. ¿Mantener la vigilancia? Bueno, pueden adivinar que observé la niebla en busca de señales que iba a despejarse como un gato observa a un ratón; pero para cualquier otra cosa nuestros ojos no nos servían más que si hubiéramos estado enterrados a kilómetros de profundidad en un montón de algodón. También se sentía así: asfixiante, cálido, sofocante. Además, todo lo que dije, aunque sonara extravagante, era absolutamente cierto. Lo que después aludimos como un ataque fue en realidad un intento de repulsión. La acción estaba muy lejos de ser agresiva... ni siquiera era defensiva en el sentido habitual: se llevó a cabo bajo la tensión de la desesperación, y en su esencia era puramente protectora.

«Se desarrolló, diría yo, dos horas después de que se despejara la niebla, y su comienzo fue en un punto, a grandes rasgos, a una milla y media por debajo de la estación de Kurtz. Acabábamos de dar vueltas y revueltas en un recodo, cuando vi un islote, un mero montículo de hierba de color verde brillante, en medio de la corriente. Era el único objeto de este tipo; pero, al abrir más el alcance, percibí que era la cabeza de un largo banco de arena, o más bien de una cadena de manchas poco profundas que se extendían por el centro del río. Estaban descoloridas, simplemente inundadas, y todo el lote se veía justo debajo del agua, exactamente como se ve la espina dorsal de un hombre, corriendo por el medio de su espalda, bajo la piel. Ahora bien, por lo que vi, podía ir a la derecha o a la izquierda de esto. No conocía ninguno de los dos canales, por supuesto. Las orillas se parecían bastante, la profundidad parecía la misma; pero como me habían informado de que la estación estaba en el lado oeste, naturalmente me dirigí al pasaje occidental.

«Apenas entramos en él, me di cuenta de que era mucho más estrecho de lo que había supuesto. A nuestra izquierda había un largo banco ininterrumpido y a la derecha una orilla alta y escarpada, densamente cubierta de arbustos. Por encima de los arbustos, los árboles se alzaban en filas apretadas. Las ramas sobresalían densamente de la corriente, y de lejos una gran rama de algún árbol se proyectaba rígidamente sobre la corriente. Era entonces bien entrada la tarde, la cara del bosque era sombría y una amplia franja de sombra había caído ya sobre el agua. En esta sombra navegamos... muy lentamente, como pueden imaginarse. Dirigí bien el barco hacia la costa... ya que el agua era más profunda cerca de la orilla, como me informó el palo de sonda.

«Uno de mis hambrientos y resistentes amigos resonaba en la proa justo debajo de mí. Este barco a vapor era exactamente como una barcaza con cubierta. En la cubierta había dos casitas de madera de teca, con puertas y ventanas. La caldera estaba en la proa y la maquinaria en la popa. Sobre el conjunto había un techo ligero, sostenido por puntales. La chimenea se proyectaba a través de ese techo, y delante de la chimenea había una pequeña cabina construida con tablones ligeros que servía de casa para el piloto. Contenía un sofá, dos taburetes, una escopeta Martini-Henry cargada apoyada en una esquina, una pequeña mesa y el timón. Tenía una amplia puerta delante y una amplia persiana a cada lado. Todas ellas estaban siempre abiertas, por supuesto. Me pasaba los días encaramado en el extremo del tejado, delante de la puerta. Por la noche dormía, o lo intentaba, en el sofá. Un negro atlético, perteneciente a alguna tribu de la costa y educado por mi pobre predecesor, era el timonel. Llevaba un par de pendientes de latón, un chaleco de tela azul desde la cintura hasta los tobillos y se creía el centro del mundo. Era uno de los tipos más inestables que jamás había visto. Mientras uno estaba cerca, gobernaba con gran fanfarronería; pero si lo perdía de vista, se convertía instantáneamente en la presa de un miedo abyecto y dejaba que ese destartalado barco a vapor fuera donde quisiera en un minuto.

«Estaba mirando el palo de sonda y me molestaba mucho ver que a cada intento sobresalía un poco más de ese río, cuando vi que mi cañero abandonaba el negocio de repente y se estiraba en la cubierta, sin siquiera tomarse la molestia de recoger el palo. Sin embargo, no dejó de agarrarlo y lo arrastró por el agua. Al mismo tiempo, el fogonero, al que también pude ver debajo de mí, se sentó bruscamente ante su caldera y agachó la cabeza. Me quedé sorprendido. Entonces tuve que mirar rápidamente al río, porque había un obstáculo en el camino. Palos, pequeños palos, volaban de un lado a otro... espesos... zumbaban delante de mi nariz, cayendo debajo de mí, golpeando detrás de mí contra mi timonera. Durante todo este tiempo, el río, la orilla y el bosque estaban muy silenciosos... perfectamente silenciosos. Sólo oía el fuerte chapoteo de la rueda de popa y el repiqueteo de esas cosas. Despejamos el obstáculo torpemente. ¡Flechas, por Dios! ¡Nos estaban disparando! Me acerqué rápidamente para cerrar la persiana del lado de tierra. Aquel tonto, con las manos en los radios, levantaba las rodillas, zapateaba y chasqueaba la boca como un caballo enjaulado. ¡Maldito sea! Y nos tambaleábamos a menos de diez pies de la orilla. Tuve que asomarme para abrir la pesada persiana, y vi un rostro entre las hojas, a la altura del mío, que me miraba con gran fiereza y firmeza; y luego, de repente, como si me hubieran quitado un velo de los ojos, distinguí, en lo más profundo de la enmarañada penumbra, pechos desnudos, brazos, piernas, ojos brillantes... el bosque estaba plagado de miembros humanos en movimiento, brillantes, de color bronce. Las ramitas se agitaron, se balancearon y crujieron, las flechas salieron volando, y entonces la persiana volvió a cerrarse. "Conduce el barco en línea recta", le dije al timonel. Él mantenía la cabeza rígida, la cara hacia delante; pero sus ojos estaban en blanco, seguía levantando y bajando los pies suavemente, su boca echaba un poco de espuma. "¡Quédate quieto!", le dije con furia. De la misma manera podría haber ordenado a un árbol que no se balanceara con el viento. Salí corriendo. Debajo de mí se oyó un gran ruido de pies en la cubierta de hierro, exclamaciones confusas y una voz que gritaba: "¿Pueden volver atrás?". Capté la forma de una ondulación en forma de V en el agua delante nuestro. ¿Qué? ¡Otro obstáculo! Un fusilamiento estalló bajo mis pies. Los peregrinos habían abierto fuego con sus Winchesters, y estaban simplemente lanzando chorros de plomo a ese bosque. Salió un montón de humo y avanzó lentamente. Maldije eso. Ahora tampoco podía ver la ondulación, ni el obstáculo. Me quedé en la puerta, mirando, y las flechas llegaron en enjambre. Puede que estuvieran envenenadas, pero parecía que no matarían a un gato. Los arbustos comenzaron a aullar. Nuestros leñadores lanzaron un grito de guerra; el ruido de un rifle a mi espalda me ensordeció. Miré por encima del hombro, y la casa piloto estaba todavía llena de ruido y humo cuando me abalancé sobre el timón. El negro tonto lo había dejado todo para abrir la persiana y disparar con la Martini-Henry. Se paró ante la amplia abertura, mirando fijamente, y le grité que volviera, mientras yo enderezaba el repentino giro del barco a vapor. No había espacio para girar si hubiera querido hacerlo; el obstáculo estaba en algún lugar muy cerca, delante, en aquel humo confuso, y no había tiempo que perder, así que metí el barco contra la orilla... justo en la orilla, donde sabía que el agua era profunda.

«Avanzamos lentamente a lo largo de los arbustos colgantes en un torbellino de ramitas rotas y hojas voladoras. La fusilería de abajo se detuvo en seco, como había previsto que sucedería cuando los cargadores se vaciaran. Eché la cabeza hacia atrás ante un reluciente silbido que atravesaba la caseta del piloto, entrando por un ojo de la persiana y saliendo por el otro. Mirando más allá del loco timonel, que agitaba el rifle vacío y gritaba hacia la orilla, vi vagas formas de hombres que corrían... dobladas, saltando, deslizándose, distintas, incompletas, evanescentes. Algo grande apareció en el aire ante la persiana, el rifle se fue por la borda, y el hombre retrocedió rápidamente, me miró por encima del hombro de una manera extraordinaria, profunda y familiar, y cayó sobre mis pies. El costado de su cabeza golpeó dos veces contra el timón, y la punta de lo que parecía un largo bastón se desplomó y derribó un pequeño taburete de campamento. Parecía como si después de arrancar esa cosa a alguien en tierra hubiera perdido el equilibrio en el esfuerzo. El fino humo se había disipado, nos habíamos librado del escollo, y al mirar hacia adelante pude ver que en otras cien yardas más o menos estaría libre para escabullirme, lejos de la orilla; pero sentía los pies tan calientes y húmedos que tuve que mirar hacia abajo. El hombre había rodado sobre su espalda y me miraba fijamente; sus dos manos aferraban aquel bastón. Era el asta de una lanza que, arrojada o lanzada a través de la abertura, le había alcanzado en el costado, justo por debajo de las costillas; la hoja se había introducido hasta perderse de vista, después de hacer un corte espantoso; mis zapatos estaban llenos; un charco de sangre yacía muy quieto, brillando de color rojo oscuro bajo la rueda; sus ojos brillaban con un fulgor asombroso. El fusilamiento estalló de nuevo. Me miró con ansiedad, agarrando la lanza como si fuera algo precioso, con un aire de temor a que intentara quitársela. Tuve que hacer un esfuerzo para liberar mis ojos de su mirada y prestar atención a la dirección. Con una mano busqué por encima de mi cabeza la línea del silbato de vapor y emití apresuradamente un chillido tras otro. El tumulto de gritos furiosos y belicosos se detuvo al instante, y luego, desde las profundidades del bosque, salió un lamento tan trémulo y prolongado de miedo lúgubre y desesperación absoluta... como puede imaginarse tras la huida de la última esperanza de la tierra. Hubo una gran conmoción en los matorrales; la lluvia de flechas cesó, unos pocos disparos que caían sonaron bruscamente, y luego el silencio, en el que el lánguido latido de la rueda de popa llegó claramente a mis oídos. Puse el timón con fuerza a estribor en el momento en que el peregrino del pijama rosa, muy acalorado y agitado, apareció en la puerta. "El director me envía...", comenzó a decir en tono oficial, y se detuvo en seco. "¡Dios mío!", dijo, mirando al hombre herido.

«Los dos blancos nos pusimos a su lado y su mirada lustrosa e inquisitiva nos envolvió a ambos. Les juro que parecía que iba a hacernos alguna pregunta en un lenguaje comprensible; pero murió sin emitir un sonido, sin mover un miembro, sin mover un músculo. Sólo en el último momento, como si respondiera a alguna señal que no pudimos ver, a algún susurro que no pudimos oír, frunció el ceño con fuerza, y ese ceño dio a su negra máscara de muerte una expresión inconcebiblemente sombría, melancólica y amenazante. El brillo de la mirada inquisitiva se desvaneció rápidamente en una vacía vidriosidad. "¿Sabe usted pilotar?", le pregunté al agente con entusiasmo. Parecía muy dudoso, pero le agarré del brazo y enseguida comprendió que quería que pilotara sí o sí. A decir verdad, yo estaba morbosamente ansioso por cambiarme los zapatos y los calcetines. "Está muerto", murmuró el tipo, inmensamente impresionado. "No hay duda", dije, tirando como un loco de los cordones de los zapatos. "Y, por cierto, supongo que el señor Kurtz también está muerto a estas alturas".

«Por el momento ese fue el pensamiento dominante. Tuve una sensación de extrema decepción, como si hubiera descubierto que me había esforzado por conseguir algo totalmente sin sustancia. No podría haber estado más disgustado si hubiera viajado hasta aquí con el único propósito de hablar con el señor Kurtz. Hablar con... Tiré un zapato por la borda, y fui consciente de que eso era exactamente lo que había estado esperando... una charla con Kurtz. Hice el extraño descubrimiento de que nunca me lo había imaginado haciendo, ya saben, sino discurriendo. No me dije "ahora nunca le veré", o "ahora nunca le estrecharé la mano", sino "ahora nunca le oiré". El hombre se me presentó como una voz. No es que no lo relacionara con algún tipo de acción. ¿No me habían dicho en todos los tonos de celos y admiración que había recogido, trocado, estafado o robado más marfil que todos los demás agentes juntos? Esa no era la cuestión. La cuestión estaba en que era una criatura dotada, y que de todos sus dones el que destacaba de forma preeminente, el que llevaba consigo una sensación de presencia real, era su capacidad de hablar, sus palabras... el don de la expresión, la más desconcertante, la más iluminadora, la más exaltada y la más despreciable, la pulsante corriente de luz, o el engañoso flujo desde el corazón de una impenetrable tiniebla.

«El otro zapato salió volando hacia el dios-demonio de ese río. Pensé: "¡Por Dios! se acabó. Hemos llegado demasiado tarde; se ha desvanecido, el don se ha desvanecido... por medio de alguna lanza, flecha o garrote. Después de todo, nunca oiré hablar a ese tipo", y mi dolor tenía una extravagancia de emoción sorprendente, incluso como la que había notado en el dolor aullante de esos salvajes en la selva. De alguna manera, no podría haber sentido más desolación si me hubieran robado una creencia o hubiera perdido mi destino en la vida... ¿Quién resopla de esa manera tan bestial? ¿Absurdo? Bueno, absurdo. ¡Dios mío! Un hombre nunca debe... Toma, dame un poco de tabaco...».

Hubo una pausa de profunda quietud, luego se encendió un fósforo y apareció el rostro delgado de Marlow, ajado, hueco, con los pliegues hacia abajo y los párpados caídos, con un aspecto de atención concentrada; y mientras daba vigorosas caladas a su pipa, parecía retroceder y avanzar fuera de la noche en el parpadeo regular de la pequeña llama. La cerilla se apagó.

«¡Absurdo!», gritó. «Esto es lo peor de tratar de contar... Aquí estan todos, cada uno en un barco bien amarrado, como un armatoste con dos anclas, un carnicero a la vuelta de una esquina, un policía a la vuelta de otra, excelentes apetitos, y una temperatura normal —¿oyeron?— normal un año tras otro. Y uno dice: ¡Absurdo! ¡Absurdo sea el que...! ¡Absurdo! Mis queridos muchachos, qué se puede esperar de un hombre que por puro nerviosismo acaba de tirar por la borda un par de zapatos nuevos. Ahora que lo pienso, es increíble que no haya derramado lágrimas. Estoy, en general, orgulloso de mi fortaleza. Me sentí muy mal ante la idea de haber perdido el inestimable privilegio de escuchar al talentoso Kurtz. Por supuesto, me equivoqué. El privilegio me estaba esperando. Oh sí, escuché más que suficiente. Y también tuve razón. Una voz. Era poco más que una voz. Y oí... él... esta voz... otras voces... todas ellas eran tan poco más que voces... y el recuerdo de aquel tiempo mismo persiste a mi alrededor, impalpable, como una vibración moribunda de un inmenso parloteo, tonto, atroz, sórdido, salvaje, o simplemente mezquino, sin ningún tipo de sentido. Voces, voces... incluso la propia muchacha... ahora...».

Permaneció en silencio durante mucho tiempo.

«Logré componer el fantasma de sus regalos, al fin, con una mentira», empezó a decir de repente. «¡Una muchacha! ¿Qué? ¿He mencionado una muchacha? Oh, ella está fuera de juego, completamente. Ellas —las mujeres, quiero decir— están fuera de juego, deberían estar fuera de juego. Debemos ayudarlas a permanecer en ese hermoso mundo propio, para que el nuestro no empeore. Oh, ella tenía que estar fuera de juego. Deberían haber escuchado el cuerpo desenterrado que era el señor Kurtz diciendo "mi Prometida". Habrían percibido directamente entonces lo completamente fuera de juego que estaba ella. ¡Y el altivo hueso frontal del señor Kurtz! Dicen que el pelo sigue creciendo a veces, pero este... ah... espécimen, era impresionantemente calvo. La selva le había dado una palmadita en la cabeza y, he aquí, era como una bola... una bola de marfil; le había acariciado y... ¡he aquí!... se había marchitado; le había tomado, le había amado, le había abrazado, se había metido en sus venas, había consumido su carne y había sellado su alma a la suya mediante las inconcebibles ceremonias de alguna iniciación diabólica. Era su favorito mimado y consentido. ¿Marfil? Así lo creo. Montones de él, pilas de él. La vieja choza de barro estaba repleta de él. Se diría que no quedaba ni un solo colmillo, ni por encima ni por debajo del suelo, en todo el país. "La mayoría son fósiles", había comentado despectivamente el director. No eran más fósiles que yo; pero lo llaman fósil cuando se desentierra. Parece que estos negros entierran los colmillos a veces, pero evidentemente no pudieron enterrar este paquete lo suficientemente profundo como para salvar al talentoso señor Kurtz de su destino. Llenamos el barco a vapor con ello, y tuvimos que amontonar un montón en la cubierta. Así pudo ver y disfrutar, mientras pudo ver, porque el agradecimiento de este favor le acompañó hasta el final. Deberían haberle oído decir "Mi marfil". Oh sí, le oí. "Mi Prometida, mi marfil, mi estación, mi río, mi...", todo le pertenecía. Me hizo contener la respiración a la espera de oír la selva estallar en una prodigiosa carcajada que haría temblar las estrellas fijas en su lugar. Todo le pertenecía, pero eso era una nimiedad. La cosa era saber a qué pertenecía él, cuántos poderes de la oscuridad lo reclamaban para sí. Ese era el reflejo que le daba a uno escalofríos por todas partes. Era imposible... tampoco era bueno para uno... tratar de imaginar. Había tomado un asiento alto entre los demonios de la tierra, quiero decir, literalmente. No pueden entenderlo. ¿Cómo podrían ustedes... con el sólido pavimento bajo sus pies, rodeados de amables vecinos dispuestos a animarles o a auxiliarlos, caminando delicadamente entre el carnicero y el policía, en el santo terror del escándalo y la horca y los manicomios... cómo pueden ustedes imaginar a qué región particular de las primeras edades pueden llevar los pies libres de un hombre por el camino de la soledad... de la soledad absoluta sin policía... por el camino del silencio, del silencio absoluto, donde no puede oírse la voz de advertencia de un vecino amable susurrando la opinión pública? Estas pequeñas cosas hacen la gran diferencia. Cuando se han ido, uno debe recurrir a su propia fuerza innata, a su propia capacidad de fidelidad. Por supuesto, uno puede ser demasiado tonto como para equivocarse... demasiado torpe para saber que lo asaltan los poderes de las tinieblas. Entiendo que ningún tonto ha hecho nunca un trato por su alma con el diablo: el tonto es demasiado tonto, o el diablo demasiado diablo, no sé cuál de los dos. O puede que uno sea una criatura tan estruendosamente exaltada como para ser completamente sorda y ciega a todo lo que no sean vistas y sonidos celestiales. Entonces la tierra es para uno sólo un lugar de paso... y no pretendo decir si eso constituye una pérdida o una ganancia para uno. La tierra para nosotros es un lugar para vivir, donde debemos soportar las vistas, los sonidos, los olores también, por Dios... respirar hipopótamo muerto, por así decirlo, y no contaminarse. Y ahí, ¿no lo ven? La fuerza de uno entra en juego, la fe en la capacidad para cavar agujeros sin ostentación para enterrar las cosas, el poder de devoción, no a uno mismo, sino a un negocio oscuro y agotador. Y eso es bastante difícil. Eso sí, no estoy tratando de excusar, ni siquiera de explicar... estoy tratando de explicarme a mí mismo... al señor Kurtz, la... la... sombra del señor Kurtz. Este iniciado espectro del fondo de Ninguna Parte me honró con su asombrosa confianza antes de desaparecer del todo. Esto se debía a que podía hablarme en inglés. El Kurtz original había sido educado en parte en Inglaterra, y, como él mismo tenía la bondad de decir, sus simpatías estaban en el lugar correcto. Su madre era mitad inglesa, su padre mitad francés. Toda Europa contribuyó a la creación de Kurtz; y más tarde me enteré de que, muy apropiadamente, la Sociedad Internacional para la Supresión de las Costumbres Salvajes le había encomendado la elaboración de un informe, para su futura orientación. Y también de que él lo había escrito. Lo he visto. Lo he leído. Era elocuente, vibraba con la elocuencia, pero demasiado exagerado, creo. Había encontrado tiempo para escribir diecisiete páginas. Pero esto debió de ser antes de que sus... digamos... nervios se estropearan y le hicieran presidir ciertas danzas de medianoche que terminaban con ritos indecibles, que... por lo que deduje de lo que oí a regañadientes en varias ocasiones... le fueron ofrecidos... ¿comprenden ustedes?... al propio señor Kurtz. Pero era una pieza de escritura hermosa. El párrafo inicial, sin embargo, a la luz de la información posterior, me parece ahora ominoso. Comenzó con el argumento de que nosotros, los blancos, dado el punto de desarrollo al que hemos llegado, "debemos necesariamente parecerles [a los salvajes] seres sobrenaturales... nos acercamos a ellos con el poder propio a una deidad", y así sucesivamente. "Por el simple ejercicio de nuestra voluntad podemos ejercer un poder para el bien prácticamente ilimitado", etc., etc. A partir de ahí se elevó y me llevó con él. Ustedes saben, la perorata fue magnífica, aunque difícil de recordar. Me dio la noción de una exótica Inmensidad gobernada por una augusta Benevolencia. Me hizo estremecer de entusiasmo. Este era el poder ilimitado de la elocuencia... de las palabras... de las nobles palabras ardientes. No había sugerencias prácticas que interrumpieran la corriente mágica de las frases, a menos que una especie de nota al pie de la última página, garabateada evidentemente mucho después, con una mano inestable, pueda considerarse la exposición de un método. Era muy simple, y al final de esa conmovedora apelación a todo sentimiento altruista, resplandecía, luminosa y aterradora, como un relámpago en un cielo sereno: "¡Exterminad a todos los brutos!". Lo curioso es que, al parecer, se había olvidado por completo de ese valioso postscriptum, porque, más tarde, cuando en cierto modo volvió en sí, me suplicó repetidamente que cuidara bien de "mi panfleto" (así lo llamaba él), ya que estaba seguro de que en el futuro tendría una buena influencia en su carrera. Yo tenía plena información sobre todas estas cosas y, además, como resultó, iba a tener a mi cargo su memoria. He hecho lo suficiente por ella como para darme el derecho indiscutible de depositarla, si así lo decido, para que descanse eternamente en el basurero del progreso, entre todas las basuras y, en sentido figurado, todos los gatos muertos de la civilización. Pero entonces, verán, no tengo elección. Él no será olvidado. Fuera lo que fuera, él no era común. Tenía el poder de encantar o asustar a las almas rudimentarias en una agravada danza de brujas en su honor; también podía llenar de amargos recelos las pequeñas almas de los peregrinos: tenía un amigo devoto al menos, y había conquistado un alma en el mundo que no era ni rudimentaria ni estaba manchada de egoísmo. No; no puedo olvidarlo, aunque no estoy dispuesto a afirmar que el tipo valía exactamente la vida que perdimos para llegar a él. Eché mucho de menos a mi difunto timonel... lo eché de menos incluso cuando su cuerpo aún yacía en la caseta del piloto. Tal vez piensen ustedes que pasa de largo este pesar por un salvaje que no era más importante que un grano de arena en el negro Sahara. Bueno, no lo vean, él había hecho algo, había pilotado; durante meses lo tuve a mi espalda... una ayuda... un instrumento. Era una especie de sociedad. Él pilotaba por mí... yo tenía que cuidar de él, me preocupaba por sus carencias, y así se había creado un sutil vínculo, del que sólo me di cuenta cuando se rompió repentinamente. Y la íntima profundidad de aquella mirada que me dirigió al recibir su herida permanece hasta hoy en mi memoria... como un reclamo de parentesco lejano afirmado en un momento supremo.

«¡Pobre tonto! Si hubiera dejado esa persiana en paz. No tenía freno, no tenía contención, como Kurtz, un árbol que se balancea con el viento. En cuanto me puse un par de zapatillas secas, lo arrastré fuera, después de sacarle primero la lanza del costado, operación que confieso que realicé con los ojos bien cerrados. Sus talones saltaron al mismo tiempo sobre el pequeño escalón de la puerta; sus hombros se apretaron contra mi pecho; lo abracé por detrás desesperadamente. Era pesado, pesado; más pesado que cualquier hombre sobre la Tierra, me imagino. Entonces, sin más preámbulos, lo volqué por la borda. La corriente lo arrebató como si fuera una brizna de hierba, y vi el cuerpo rodar dos veces antes de perderlo de vista para siempre. Todos los peregrinos y el director se congregaron entonces en la cubierta con toldos alrededor de la caseta del piloto, parloteando entre sí como una bandada de urracas excitadas, y hubo un murmullo escandalizado por mi despiadada prontitud. No puedo adivinar para qué querían mantener ese cuerpo por ahí. Para embalsamarlo, tal vez. Pero también había oído otro murmullo, muy siniestro, en la cubierta de abajo. Mis amigos los leñadores estaban igualmente escandalizados, y con una mejor demostración de razón... aunque admito que la razón en sí era bastante inadmisible. Oh, sí, es cierto. Yo había decidido que si mi difunto timonel iba a ser devorado, sólo los peces iban a hacerlo. Había sido un timonel de segunda categoría mientras estaba vivo, pero ahora que estaba muerto podría convertirse en una tentación de primera clase, y posiblemente causar algún problema sorprendente. Además, yo estaba ansioso por tomar el timón, ya que el hombre del pijama rosa se mostraba inútil en este asunto.

«Eso hice directamente cuando terminó el simple funeral. Íbamos a media máquina, manteniéndonos en medio de la corriente, y escuché la charla sobre mí. Habían abandonado a Kurtz, habían abandonado la estación; Kurtz estaba muerto, y la estación había sido quemada, y así sucesivamente. El peregrino pelirrojo estaba fuera de sí, pensando que al menos ese pobre Kurtz había sido vengado debidamente. "¡Oigan! Debemos haber hecho una gloriosa matanza de ellos en el monte. ¿Eh? ¿Qué piensan? ¿Qué dicen?". El pequeño mendigo sediento de sangre se puso a bailar. ¡Y casi se había desmayado cuando vio al hombre herido! No pude evitar decir "en todo caso, hizo un glorioso montón de humo". Había visto, por la forma en que las copas de los arbustos crujían y volaban, que casi todos los disparos habían ido demasiado alto. No se puede acertar a nada a menos que se apunte y se dispare desde el hombro; pero estos tipos dispararon desde la cadera con los ojos cerrados. La retirada, sostuve —y tenía razón—, fue causada por el chirrido del silbato del vapor. Ante esto, se olvidaron de Kurtz y comenzaron a aullar contra mí con indignadas protestas.

«El director estaba junto al timón murmurando confidencialmente sobre la necesidad de alejarse por el río antes de que oscureciera en cualquier caso, cuando vi a lo lejos un claro en la orilla del río y los contornos de una especie de edificio. "¿Qué es eso?", pregunté. Aplaudió con asombro. "La estación", gritó. Me acerqué de inmediato, todavía a media máquina.

«A través de mis prismáticos vi la ladera de una colina intercalada con árboles raros y perfectamente libre de maleza. En la cima, un largo edificio en decadencia estaba semienterrado en la hierba alta; los grandes agujeros del tejado en forma de pico se veían negros a lo lejos; la selva y el bosque hacían de fondo. No había ningún tipo de cercado, pero aparentemente había habido uno, porque cerca de la casa quedaban media docena de esbeltos postes en fila, toscamente recortados y con sus extremos superiores adornados con bolas redondas talladas. Los raíles, o lo que hubiera entre ellos, habían desaparecido. Por supuesto, el bosque lo rodeaba todo. La orilla del río estaba despejada, y en el lado del agua vi a un hombre blanco bajo un sombrero como una rueda de carro que hacía señas insistentemente con su brazo. Examinando el borde del bosque por encima y por debajo, estaba casi seguro de poder ver movimientos... formas humanas deslizándose aquí y allá. Pasé con prudencia, luego paré las máquinas y dejé que el barco avanzara a la deriva. El hombre de la orilla empezó a gritar, instándonos a desembarcar. "Nos han atacado", gritó el director. "Lo sé, lo sé. No pasa nada", le gritó el otro, tan alegre como parecía posible. "Vengan. Todo está bien. Me alegro que estén aquí".

«Su aspecto me recordaba a algo que había visto... algo gracioso que había visto en alguna parte. Mientras maniobraba para ponerme a su lado, me preguntaba: "¿Aspecto de qué tiene este tipo?". De repente lo entendí. Parecía un arlequín. Sus ropas habían sido confeccionadas con un material marrón, probablemente holanda cruda, pero estaban cubiertas de parches por todas partes, parches brillantes, azules, rojos y amarillos... parches en la espalda, parches en la parte delantera, parches en los codos, en las rodillas; ribetes de colores alrededor de su chaqueta, bordes escarlata en la parte inferior de sus pantalones; y la luz del sol le daba un aspecto extremadamente alegre y maravillosamente limpio, porque se podía ver lo bien que estaban hechos todos estos parches. Un rostro imberbe y aniñado, muy blanco, sin rasgos que destacar, la nariz despellejada, pequeños ojos azules, sonrisas y fruncimientos que se persiguen en aquel semblante abierto como el sol y la sombra en una llanura barrida por el viento. "¡Cuidado, capitán!", gritó, "aquí se acumuló anoche un escollo". ¿Qué? ¿Otro escollo? Confieso que juré vergonzosamente. Casi había agujereado el barco para rematar aquel encantador viaje. El arlequín de la orilla giró su pequeña nariz de cachorro hacia mí. "¿Usted inglés?", me preguntó sonriendo. "¿Y usted?", grité desde el volante. La sonrisa se desvaneció y negó con la cabeza, como si lamentara mi decepción. Luego se animó. "No importa", gritó animado. "¿Llegamos a tiempo?", pregunté. "Él está ahí arriba", respondió, moviendo la cabeza hacia la colina, y poniéndose repentinamente sombrío. Su rostro era como el cielo otoñal, nublado en un momento y despejado al siguiente.

«Cuando el director, escoltado por los peregrinos, todos ellos armados hasta los dientes, se dirigió a la casa, este tipo subió a bordo. "Yo digo... que esto no me gusta. Estos nativos están en el monte", le dije. Me aseguró con seriedad que todo estaba bien. "Son gente sencilla", añadió. "Me alegro de que hayan venido. Me llevó todo mi tiempo mantenerlos alejados". "Pero usted dijo que todo estaba bien", exclamé. "Oh, no pretendían hacer daño", dijo; y mientras yo miraba fijamente, se corrigió... "no exactamente". Y luego, añadió con vivacidad, "a fe mía, su cabina de pilotaje necesita una limpieza". Al instante me aconsejó que mantuviera suficiente vapor en la caldera para hacer sonar el silbato en caso de problemas. "Un buen chillido hará más por usted que todos sus rifles. Son gente sencilla", repitió. Se puso a charlar a tal velocidad que me abrumó. Parecía estar tratando de compensar un montón de silencio, y de hecho insinuó, riendo, que así era. "¿No habla con el señor Kurtz?", le dije. "No se habla con ese hombre... se le escucha", exclamó con severa exaltación. "Pero ahora...". Agitó el brazo y en un abrir y cerrar de ojos se sumió en el más profundo abatimiento. En un momento se levantó de nuevo con un salto, se apoderó de mis dos manos, las estrechó continuamente, mientras balbuceaba: "Hermano marinero... el honor... el placer... el encanto... me presento... ruso... hijo de un arcipreste... Gobierno de Tambov... ¿Qué? ¡Tabaco! Tabaco inglés; ¡el excelente tabaco inglés! Eso sí que es fraternal. ¿Fumar? ¿Dónde hay un marinero que no fume?".

«La pipa lo tranquilizó, y poco a poco me enteré de que se había escapado de la escuela, se había hecho a la mar en un barco ruso; volvió a escaparse; sirvió algún tiempo en barcos ingleses; ahora estaba reconciliado con el arcipreste. Lo hizo notar. "Pero cuando uno es joven debe ver cosas, acumular experiencia, ideas; ampliar la mente". "¡Aquí!", interrumpí. "¡Nunca se sabe! Aquí conocí al señor Kurtz", dijo, juvenilmente solemne y reprobador. Después de eso me callé. Al parecer, había convencido a una casa comercial holandesa de la costa para que le proveyera de provisiones y mercancías, y había partido hacia el interior con un corazón ligero y sin tener más idea de lo que le sucedería, como si fuera un bebé. Llevaba casi dos años vagando solo por aquel río, aislado de todo y de todos. "No soy tan joven como parezco. Tengo veinticinco años", dijo. "Al principio, el viejo Van Shuyten me mandaba al diablo", narró con gran alegría, "pero yo me quedaba con él, y hablaba y hablaba, hasta que al final temió que hablara de la pata trasera de su perro favorito, así que me dio algunas cosas baratas y unas cuantas armas, y me dijo que esperaba no volver a ver mi cara. Un buen holandés, Van Shuyten. Le envié un pequeño lote de marfil hace un año, para que no pueda llamarme ladronzuelo cuando vuelva. Espero que lo haya recibido. Y por lo demás no me importa. Dejé algo de madera apilada para usted. Esa era mi antigua casa. ¿La ha visto?".

«Le di el libro de Towson. Hizo ademán de besarme, pero se contuvo. "El único libro que me quedaba, y pensé que lo había perdido", dijo, mirándolo extasiado. "A un hombre solitario le ocurren muchos accidentes, ya sabe. Las canoas se enfadan a veces... y a veces hay que irse muy rápido cuando la gente se enfada". Hojeó las páginas. "¿Usted escribió las notas en ruso?", pregunté. Asintió con la cabeza. "Creía que estaban escritas en clave", dije. Se rió y luego se puso serio. "Tuve muchos problemas para alejar a esta gente", dijo. "¿Querían matarlo?", le pregunté. "¡Oh, no!", gritó, y se contuvo. "¿Por qué nos atacaron?", continué. Dudó, y luego dijo avergonzado, "no quieren que él se vaya". "¿Realmente?", dije con curiosidad. Asintió con un movimiento de cabeza lleno de misterio y sabiduría. "Se lo digo", exclamó, "este hombre ha ampliado mi mente". Abrió los brazos de par en par, mirándome fijamente con sus pequeños ojos azules, perfectamente redondos».

III

«Lo miré, perdido en el asombro. Allí estaba ante mí, ataviado de manera abigarrada, como si se hubiera fugado de una compañía de mimos, entusiasta, fabuloso. Su propia existencia era improbable, inexplicable y totalmente desconcertante. Era un problema insoluble. Era inconcebible cómo había existido, cómo había logrado llegar tan lejos, cómo había conseguido permanecer... por qué no había desaparecido al instante. "Fui un poco más lejos", dijo, "y luego todavía un poco más lejos... hasta que llegué tan lejos que no sé cómo voy a volver. No importa. Hay mucho tiempo. Puedo arreglármelas. Llévese a Kurtz rápidamente... rápidamente... le digo". El glamour de la juventud envolvía sus harapos de colores, su indigencia, su soledad, la desolación esencial de sus vanas andanzas. Durante meses... durante años... su vida no había valido ni la ganancia de un día; y allí estaba galantemente, irreflexivamente vivo, a todas luces indestructible sólo por la virtud de sus pocos años y de su irreflexiva audacia. Me sedujo algo parecido a la admiración... a la envidia. El glamour le impulsaba, el glamour le mantenía indemne. Seguramente no quería nada de la selva más que espacio para respirar y seguir adelante. Su necesidad era existir y avanzar con el mayor riesgo posible y con el máximo de privaciones. Si el espíritu de aventura, absolutamente puro, sin cálculos y sin sentido práctico, había gobernado alguna vez a un ser humano, era a este joven con parches. Casi le envidiaba la posesión de esta modesta y clara llama. Parecía haber consumido todo pensamiento de sí mismo tan completamente que, incluso mientras le hablaba a uno, olvidaba que era él —el hombre que uno tenía ante sus ojos— quien había pasado por esas cosas. Sin embargo, no le envidiaba su devoción por Kurtz. Él no la había meditado. Se le ocurrió y la aceptó con una especie de fatalismo ansioso. Debo decir que a mí me pareció lo más peligroso en todos los sentidos que él había encontrado hasta entonces.

«Se habían juntado inevitablemente, como dos barcos encallados uno cerca del otro, y al final se rozaron. Supongo que Kurtz quería un oyente, porque en cierta ocasión, cuando acampaban en el bosque, habían hablado toda la noche, o más probablemente Kurtz había hablado. "Hablamos sobre todo", dijo, bastante transportado al recordarlo. "Olvidé que existía el sueño. La noche no parecía durar ni una hora. ¡Sobre todo! ¡Sobre todo!... sobre el amor también". "¡Ah, le ha hablado del amor!" dije, muy divertido. "No es lo que usted cree", gritó, casi apasionadamente. "Fue en general. Me hizo ver cosas... cosas".

«Levantó los brazos. En ese momento estábamos en cubierta, y el jefe de mis leñeros, que estaba cerca, dirigió hacia él sus ojos pesados y brillantes. Miré a mi alrededor, y no sé por qué, pero les aseguro que nunca, nunca antes, esta tierra, este río, esta selva, el mismo arco de este cielo abrasador me parecieron tan desesperados y tan oscuros, tan impenetrables para el pensamiento humano, tan despiadados para la debilidad humana. "¿Y desde entonces has estado con él, por supuesto?", dije.

«Al contrario. Parece que su relación se había roto en gran medida por diversas causas. Según me informó con orgullo, había conseguido cuidar a Kurtz durante dos enfermedades (aludió a ello como si se tratara de una hazaña arriesgada), pero por regla general Kurtz vagaba solo, muy lejos en las profundidades del bosque. "Muy a menudo, al venir a esta estación, tenía que esperar días y días antes de que apareciera", dijo. "Ah, valía la pena esperar... a veces". "¿Qué hacía? ¿Explorando o qué?", le pregunté. "Sí, por supuesto"; había descubierto muchas aldeas y también un lago —no sabía exactamente en qué dirección; era peligroso indagar demasiado—, pero la mayor parte de sus expediciones habían sido en busca de marfil. "Pero ya no tenía bienes con los que comerciar", objeté. "Aún quedan muchos cartuchos", respondió, desviando la mirada. "Hablando claro, asaltó el país", dije. Asintió con la cabeza. "¡Seguro que no estaba solo!". Murmuró algo sobre las aldeas alrededor del lago. "Kurtz hizo que la tribu lo siguiera, ¿no es así?", sugerí. Se inquietó un poco. "Le adoraban", dijo. El tono de estas palabras era tan extraordinario que lo miré con atención. Era curioso ver su entusiasmo y su reticencia a hablar de Kurtz. El hombre llenaba su vida, ocupaba sus pensamientos, influía en sus emociones. "¿Qué se puede esperar?", exclamó. "Llegó a ellos con truenos y relámpagos, ya sabe, y nunca habían visto nada parecido, y muy terrible. Podía ser muy terrible. No se puede juzgar al señor Kurtz como a un hombre corriente. ¡No, no, no! Ahora bien... para que se haga una idea... no me importa decirle que un día quiso dispararme a mí también... pero no le juzgo". "¡Dispararle!", grité. "¿Por qué?". "Bueno, yo tenía un pequeño lote de marfil que me dio el jefe de esa aldea cercana a mi casa. Verá, yo solía cazar para ellos. Pues bien, él lo quería y no quiso entrar en razón. Declaró que me dispararía a menos que le diera el marfil y luego se iría de la región, porque podía hacerlo, y le gustaba, y no había nada en la tierra que le impidiera matar a quien quisiera. De hecho, era cierto. Le di el marfil. ¡Qué me importaba! Pero no me fui. No, no. No podía dejarlo. Tuve que tener cuidado por un tiempo, por supuesto, hasta que volvimos a ser amigos. Entonces tuvo su segunda enfermedad. Después tuve que mantenerme al margen; pero no me importó. Él vivía la mayor parte del tiempo en esos pueblos del lago. Cuando bajaba al río, a veces se acercaba a mí, y a veces era mejor que yo tuviera cuidado. Este hombre sufría demasiado. Odiaba todo esto, y de alguna manera no podía escapar. Cuando tenía la oportunidad le rogaba que intentara marcharse mientras había tiempo; me ofrecía a volver con él. Y él decía que sí, y entonces se quedaba; se iba a otra cacería de marfil; desaparecía durante semanas; se olvidaba de sí mismo entre esta gente... se olvidaba de sí mismo... ya sabe". "¿Por qué? Está loco", dije. Él protestó indignado. El señor Kurtz no puede estar loco. Si le hubiera oído hablar, hace sólo dos días, no me atrevería a insinuar tal cosa... Yo había cogido mis prismáticos mientras hablábamos y miraba la orilla, barriendo el límite del bosque a cada lado y a la espalda de la casa. La conciencia de que había gente en aquel matorral, tan silencioso, tan tranquilo —tan silencioso y tranquilo como la casa en ruinas de la colina—, me inquietó. No había ninguna señal en el rostro de la naturaleza de esta sorprendente historia que no se me contaba sino que se me sugería en desoladas exclamaciones, completadas por encogimientos de hombros, en frases interrumpidas, en insinuaciones que terminaban en profundos suspiros. El bosque estaba impasible, como una máscara... como la puerta cerrada de una prisión... miraba con su aire de conocimiento oculto, de paciente expectación, de silencio inabordable. El ruso me explicaba que hacía poco que el señor Kurtz había bajado al río, trayendo consigo a todos los combatientes de esa tribu del lago. Había estado ausente durante varios meses... adorándose a sí mismo, supongo yo... y había bajado inesperadamente, con la intención, según parece, de hacer una incursión al otro lado del río o río abajo. Evidentemente, el apetito por más marfil había superado las aspiraciones... ¿cómo decirlo?... menos materiales. Sin embargo, había empeorado mucho de repente. "Me enteré de que estaba desvalido y subí, aproveché la oportunidad", dijo el ruso. "Está mal, muy mal". Dirigí mi mirada hacia la casa. No había señales de vida, pero sí el tejado en ruinas, la larga pared de barro que asomaba por encima de la hierba, con tres pequeñas ventanas cuadradas, ninguna de ellas del mismo tamaño; todo ello puesto al alcance de mi mano, por así decirlo. Y entonces hice un brusco movimiento, y uno de los postes que quedaban de aquella valla desaparecida saltó al campo de mis prismáticos. Ustedes recuerdan que les dije que me habían llamado la atención, a la distancia, ciertos intentos de ornamentación, bastante notables en el aspecto ruinoso del lugar. Ahora, de repente, tuve una visión más cercana, y su primer resultado fue hacerme echar la cabeza hacia atrás como si fuera a recibir un golpe. Entonces recorrí cuidadosamente de poste a poste con mis prismáticos, y vi mi error. Aquellos pomos redondos no eran ornamentales, sino simbólicos; eran expresivos y desconcertantes, llamativos e inquietantes... alimento para la reflexión y también para los buitres, si es que había alguno mirando desde el cielo; pero en todo caso para las hormigas que eran lo suficientemente laboriosas como para subir al poste. Habrían sido aún más impresionantes, esas cabezas en las estacas, si sus rostros no se hubieran vuelto hacia la casa. Sólo una, la primera que distinguí, miraba hacia mí. No me sorprendió tanto como se puede pensar. El arranque que había dado no fue en realidad más que un movimiento de sorpresa. Esperaba ver allí un pomo de madera. Volví deliberadamente al primero que había visto, y allí estaba... negro, seco, hundido, con los párpados cerrados... una cabeza que parecía dormir en lo alto de aquel poste y que, con los labios secos y encogidos mostrando una estrecha línea blanca de los dientes, sonreía también, sonriendo continuamente en algún sueño interminable y jocoso de aquel sueño eterno.

«No estoy revelando ningún secreto comercial. De hecho, el director dijo después que los métodos del señor Kurtz habían arruinado el distrito. No tengo ninguna opinión sobre ese punto, pero quiero que entiendan claramente que no había nada exactamente rentable en que esas cabezas estuvieran allí. Sólo mostraban que el señor Kurtz carecía de moderación en la gratificación de sus diversos deseos, que había algo que faltaba en él... algún pequeño asunto que, cuando surgía la necesidad apremiante, no se podía encontrar bajo su magnífica elocuencia. No puedo decir si él mismo conocía esta deficiencia. Creo que el conocimiento le llegó al final... sólo al final. Pero la selva lo había descubierto antes y se había vengado terriblemente de la fantástica invasión. Creo que le había susurrado cosas sobre sí mismo que desconocía, cosas de las que no tenía ni idea hasta que se asesoró con esa gran soledad... y el susurro había resultado irresistiblemente fascinante. Resonaba con fuerza en su interior porque estaba vacío en sus adentros... Bajé los prismáticos, y la cabeza que había aparecido lo suficientemente cerca como para que le hablara, parecía haber saltado de inmediato hacia una distancia inaccesible.

«El admirador del señor Kurtz estaba un poco cabizbajo. Con voz apresurada e indistinta comenzó a asegurar que no se había atrevido a tomar estos... digamos... símbolos. No temía a los nativos; no se moverían de su lugar hasta que el señor Kurtz diera la orden. Su ascendencia era extraordinaria. Los campamentos de esta gente rodeaban el lugar y los jefes venían todos los días a verlo. Se arrastraban... "No quiero saber nada de las ceremonias que se utilizan al acercarse al señor Kurtz", grité. Es curioso este sentimiento que me invadió de que tales detalles serían más intolerables que esas cabezas secándose en las estacas bajo las ventanas del señor Kurtz. Al fin y al cabo, aquello no era más que una visión salvaje, mientras que yo parecía haber sido transportado a una región sin luz de horrores sutiles, donde el salvajismo puro y sin complicaciones era un alivio positivo, al ser algo que tenía derecho a existir —obviamente— a la luz del sol. El joven me miró con sorpresa. Supongo que no se le ocurrió que el señor Kurtz no era un ídolo mío. Olvidó que no había escuchado ninguno de esos espléndidos monólogos sobre, ¿qué era? sobre el amor, la justicia, la conducta de la vida... o lo que sea. Si se trataba de arrastrarse ante el señor Kurtz, él se arrastraba tanto como el más salvaje de todos. Me dijo que yo no tenía ni idea de las condiciones: estas cabezas eran las de los rebeldes. Le sorprendí mucho al reírme. ¡Rebeldes! ¿Cuál sería la siguiente definición que iba a escuchar? Había enemigos, criminales, trabajadores... y estos eran rebeldes. Aquellas cabezas rebeldes me parecieron muy sumisas en sus palos. "Usted no sabe cómo una vida así pone a prueba a un hombre como Kurtz", gritó el último discípulo de Kurtz. "Bueno, ¿y usted?", dije. "¡Yo! ¡Yo! Soy un hombre sencillo. No tengo grandes pensamientos. No quiero nada de nadie. ¿Cómo puede compararme con...?". Sus sentimientos eran demasiado fuertes para hablar, y de repente se quebró. "No lo entiendo", gimió. "He hecho todo lo posible para mantenerlo con vida y eso es suficiente. No tengo nada que ver con todo esto. No tengo ninguna habilidad. Hace meses que no hay una gota de medicina ni un bocado de comida apta para inválidos. Fue abandonado vergonzosamente. Un hombre así, con semejantes ideas. ¡Es vergonzoso! ¡Vergonzoso! No he dormido en las últimas diez noches...".

«Su voz se perdió en la calma de la tarde. Las largas sombras del bosque se habían deslizado colina abajo mientras hablábamos, habían ido más allá de la casucha en ruinas, más allá de la simbólica hilera de estacas. Todo esto ocurría en la penumbra, mientras que nosotros, allá abajo, seguíamos bajo la luz del sol, y la franja del río situada al lado del claro brillaba con un esplendor tranquilo y deslumbrante, con un recodo turbio y ensombrecido por encima y por debajo. No se veía un alma viviente en la orilla. Los arbustos no se agitaban.

«De repente, al otro lado de la esquina de la casa apareció un grupo de hombres, como si hubieran surgido del suelo. Se metieron hasta la cintura en la hierba, formando un cuerpo compacto, llevando una camilla improvisada entre ellos. Al instante, en el vacío del paisaje, surgió un grito cuya estridencia atravesó el aire quieto como una flecha afilada que volara directa al corazón mismo de la Tierra; y, como por encanto, corrientes de seres humanos... de seres humanos desnudos... con lanzas en las manos, con arcos, con escudos, con miradas salvajes y movimientos salvajes, se vertieron en el claro, por el bosque de rostro oscuro y pensativo. Los arbustos se agitaron, la hierba se balanceó durante un tiempo, y luego todo se detuvo en atenta inmovilidad.

«"Ahora, si no les dice lo correcto, estamos todos perdidos", dijo el ruso a mi lado. El grupo de hombres con la camilla se había detenido también, a medio camino del barco, como si estuviera petrificado. Vi que el hombre de la camilla se incorporaba, desgarbado y con un brazo levantado, por encima de los hombros de los portadores. "Esperemos que el hombre que sabe hablar tan bien del amor en general encuentre alguna razón particular para perdonarnos esta vez", dije. Me molestaba amargamente el absurdo peligro de nuestra situación, como si estar a merced de aquel atroz fantasma hubiera sido una necesidad deshonrosa. No pude oír ningún sonido, pero a través de mis prismáticos vi el delgado brazo extendido de forma dominante, la mandíbula inferior moviéndose, los ojos de aquella aparición brillando oscuramente en su huesuda cabeza que asentía con grotescas sacudidas. Kurtz... Kurtz... significa corto en alemán, ¿no es así? Bueno, el nombre era tan cierto como todo lo demás en su vida... y muerte. Parecía medir por lo menos siete pies. Su manto se había caído, y su cuerpo emergía de él lastimero y espantoso como de una sábana enrollada. Podía ver la caja de sus costillas completamente exaltada, los huesos de su brazo agitándose. Era como si una imagen animada de la muerte, tallada en marfil antiguo, hubiera estado agitando su mano amenazante hacia una multitud inmóvil de hombres hechos de bronce oscuro y brillante. Le vi abrir la boca de par en par... le daba un aspecto extrañamente voraz, como si hubiera querido tragarse todo el aire, toda la tierra, todos los hombres que tenía delante. Una voz profunda llegó hasta mí débilmente.Debe haber estado gritando. Cayó repentinamente hacia atrás. La camilla se agitó cuando los portadores volvieron a tambalearse hacia delante, y casi al mismo tiempo me di cuenta de que la multitud de salvajes se desvanecía sin ningún movimiento perceptible de retirada, como si el bosque que había expulsado a estos seres tan repentinamente los hubiera atraído de nuevo como se recoge el aliento en una larga inspiración.

«Algunos de los peregrinos que estaban detrás de la camilla llevaban sus armas —dos escopetas, un rifle pesado y un revólver ligero—, los truenos de aquel lamentable Júpiter. El director se inclinó sobre él murmurando mientras caminaba junto a su cabeza. Lo acostaron en una de las pequeñas cabinas... apenas había espacio para una cama y un taburete de campamento o dos, ya saben. Habíamos traído su correspondencia tardía, y un montón de sobres rotos y cartas abiertas ensuciaban su cama. Su mano vagaba débilmente entre esos papeles. Me llamó la atención el fuego de sus ojos y la languidez compuesta de su expresión. No era tanto el agotamiento de la enfermedad. No parecía sufrir. Esta sombra parecía saciada y tranquila, como si por el momento se hubiera colmado de todas las emociones.

«Agitó una de las cartas y, mirándome a la cara, me dijo: "Me alegro". Alguien le había escrito sobre mí. Esas recomendaciones especiales volvían a aparecer. El volumen del tono que emitía sin esfuerzo, casi sin la molestia de mover los labios, me sorprendió. ¡Una voz! ¡Una voz! Era grave, profunda, vibrante, mientras que el hombre no parecía capaz de un susurro. Sin embargo, tenía suficiente fuerza —facticia, sin duda— como para estar a punto de acabar con nosotros, tal y como lo oirán directamente.

«El director apareció silenciosamente en la puerta; salí de inmediato y él corrió la cortina tras de mí. El ruso, observado con curiosidad por los peregrinos, miraba fijamente a la orilla. Seguí la dirección de su mirada.

«A lo lejos se distinguían oscuras formas humanas que se agitaban indistintamente contra el sombrío límite del bosque, y cerca del río dos figuras de bronce, apoyadas en altas lanzas, se erguían a la luz del sol bajo fantásticos tocados de pieles manchadas, belicosas y aún en reposo estatuario. Y de derecha a izquierda, a lo largo de la orilla iluminada, se movía una salvaje y hermosa aparición de mujer.

«Caminaba con pasos medidos, ataviada con telas a rayas y flecos, pisando la tierra con orgullo, con un ligero tintineo y destello de adornos bárbaros. Llevaba la cabeza en alto; su pelo estaba peinado a manera de yelmo; tenía polainas de bronce hasta la rodilla, guanteletes de alambre de bronce hasta el codo, una mancha carmesí en su mejilla leonada, innumerables collares de cuentas de vidrio en el cuello; cosas extrañas, amuletos, regalos de los hombres brujos, que colgaban de ella, brillaban y temblaban a cada paso. Debía tener sobre ella el valor de varios colmillos de elefante. Era feroz y soberbia, de ojos salvajes y magníficos; había algo ominoso y majestuoso en su deliberado avance. Y en el silencio que había caído repentinamente sobre toda la tierra dolorosa, sobre la inmensa selva, el cuerpo colosal de la vida fecunda y misteriosa parecía mirarla, pensativo, como si hubiera estado mirando la imagen de su propia alma tenebrosa y apasionada.

«Llegó a la altura del vapor, se detuvo y se puso de cara a nosotros. Su larga sombra caía hasta el borde del agua. Su rostro tenía un aspecto trágico y feroz, de tristeza salvaje y de mudo dolor, mezclado con el temor de una resolución a medias. Se quedó mirándonos sin inmutarse y, como la propia selva, con un aire de estar rumiando un propósito inescrutable. Pasó un minuto entero y luego dio un paso adelante. Se oyó un tintineo bajo, un destello de metal amarillo, un vaivén de cortinas con flecos, y ella se detuvo como si le hubiera fallado el corazón. El joven a mi lado gruñó. Los peregrinos murmuraron a mi espalda. Ella nos miró a todos como si su vida dependiera de la firmeza de su mirada. De repente abrió los brazos desnudos y los levantó rígidos por encima de su cabeza, como si tuviera un deseo incontrolable de tocar el cielo, y, al mismo tiempo, las sombras rápidamente se lanzaron sobre la tierra, barriendo el río, recogiendo el vapor en un sombrío abrazo. Un formidable silencio se cernía sobre la escena.

«Se apartó lentamente, siguió caminando por la orilla y se internó en los arbustos de la izquierda. Sólo una vez sus ojos nos devolvieron el brillo en el crepúsculo de los matorrales antes de desaparecer.

«"Si hubiera ofrecido subir a bordo, creo realmente que habría intentado dispararle", dijo el hombre de los parches, nervioso. "He estado arriesgando mi vida todos los días durante los últimos quince días para mantenerla fuera de la casa. Ella entró un día y armó un escándalo por esos miserables trapos que recogí en el almacén para remendar mi ropa. Yo no estaba presentable. Al menos debió ser eso, porque habló como una furia con Kurtz durante una hora, señalándome de vez en cuando. No entiendo el dialecto de esta tribu. Por suerte para mí, me imagino que Kurtz se sentía demasiado enfermo ese día como para preocuparse, o habría habido una desgracia. No entiendo... no... es demasiado para mí. Ah, bueno, todo ha terminado ahora".

«En ese momento oí la profunda voz de Kurtz detrás de la cortina: "¡Sálveme!... Salve el marfil, querrá decir. No me diga. ¡Sálveme! Por qué tendría que salvarlo. Ahora está interrumpiendo mis planes. ¡Enfermo! ¡Enfermo! No tan enfermo como le gustaría creer. No importa. Llevaré a cabo mis ideas todavía... volveré. Le mostraré lo que se puede hacer. Usted, con sus pequeñas nociones de venta ambulante... está interfiriendo conmigo. Volveré. Yo...".

«El director salió. Me hizo el honor de tomarme por debajo del brazo y llevarme a un lado. "Está muy mal, muy mal", dijo. Consideró necesario suspirar, pero no mostró la pena esperada. "Hemos hecho todo lo posible por él, ¿no es así? Pero no se puede ocultar el hecho de que el señor Kurtz ha hecho más daño que bien a la Compañía. No ha visto que no era el momento de actuar enérgicamente. Con cautela, con cautela... ese es mi principio. Debemos ser cautelosos todavía. El distrito está cerrado para nosotros durante un tiempo. ¡Deplorable! En general, el comercio sufrirá. No niego que hay una gran cantidad de marfil... sobre todo fósil. Debemos salvarlo, en todo caso... pero vea qué precaria es la posición... y ¿por qué? Porque el método no es sólido". "Usted", dije, mirando a la orilla, "lo llama 'método poco sólido'". "Sin duda", exclamó, acaloradamente. "¿No lo llama así usted?"... "No es un método, en absoluto", murmuré después de un rato. "Exactamente", se alegró. "Me anticipé a esto. Muestra una completa falta de juicio. Es mi deber señalarlo en el lugar adecuado". "Oh", dije, "ese tipo... ¿cómo se llama?... el fabricante de ladrillos, hará un informe legible para usted". Pareció confundido por un momento. Me pareció que yo nunca había respirado una atmósfera tan vil, y me dirigí mentalmente a Kurtz en busca de alivio... de alivio. "No obstante, creo que el señor Kurtz es un hombre extraordinario", dije con énfasis. Se sobresaltó, me dirigió una mirada fría y pesada, dijo en voz baja "lo era", y me dio la espalda. Mi hora de favor se había acabado; me encontré en el mismo grupo que Kurtz, como partidario de métodos para los que no había llegado el momento: ¡yo no era sólido! Ah, pero era bueno tener al menos una opción entre las pesadillas.

«Me había vuelto hacia la selva, realmente, no hacia el señor Kurtz, quien, yo estaba dispuesto a admitir, era como si ya estuviera enterrado. Y por un momento me pareció que yo también estaba enterrado en una vasta tumba llena de secretos indecibles. Sentí un peso intolerable que me oprimía el pecho, el olor de la tierra húmeda, la presencia invisible de la corrupción victoriosa, la oscuridad de una noche impenetrable... El ruso me tocó en el hombro. Le oí murmurar y tartamudear algo como "hermano marinero... no podía ocultar... el conocimiento de asuntos que afectarían a la reputación del señor Kurtz". Esperé. Para él, evidentemente, el señor Kurtz no estaba en su tumba; sospecho que para él el señor Kurtz era uno de los inmortales. "Bien...", dije por fin, "hable. Resulta que soy amigo del señor Kurtz, de cierto modo".

«Afirmó con mucha formalidad que si no hubiéramos tenido "la misma profesión", se habría guardado el asunto para sí mismo sin importar las consecuencias. "Sospechaba que había una mala voluntad activa hacia él por parte de esos hombres blancos que...". "Tiene razón", dije, recordando cierta conversación que había escuchado. "El director cree que usted debería ser colgado". Mostró una preocupación por esta información que al principio me divirtió. "Será mejor que me quite de en medio tranquilamente", dijo con seriedad. "Ya no puedo hacer nada más por Kurtz, y pronto encontrarán alguna excusa. ¿Qué puede detenerlos? Hay un puesto militar a trescientas millas de aquí". "Bueno, en mi opinión", dije, "tal vez sea mejor que se vaya si tiene algún amigo entre los salvajes cercanos". "Muchos", dijo. "Son gente sencilla... y yo no quiero nada para mí, ya lo sabe". Se quedó mordiéndose los labios, entonces dijo "no quiero que les ocurra ningún daño a estos blancos, pero, por supuesto, estaba pensando en la reputación del señor Kurtz... pero usted es un hermano marinero y...". "Está bien", dije, después de un rato. "La reputación del señor Kurtz está a salvo conmigo". Yo no sabía con cuánta verdad hablaba.

«Me informó, bajando la voz, que había sido Kurtz quien había ordenado atacar el vapor. "Odiaba a veces la idea de que le llevaran... y luego otra vez... pero yo no entiendo estos asuntos. Soy un hombre sencillo. Pensó que los asustaría... que lo abandonarían, dándolo por muerto. No pude detenerlo. Lo he pasado muy mal este último mes". "Muy bien", dije. "Ahora está bien". "Sí... sí", murmuró, aparentemente no muy convencido. "Gracias", dije. "Mantendré los ojos abiertos". "Pero que no se hable, ¿eh?", insistió él con ansiedad. "Sería terrible para su reputación que alguien de aquí...". Prometí, con gran gravedad, una completa discreción. "Tengo una canoa y tres compañeros negros esperando no muy lejos. Me voy. ¿Podría darme algunos cartuchos Martini-Henry?". Podía, y lo hice, con el debido secreto. Él se sirvió, guiñándome un ojo, de un puñado de mi tabaco. "Entre marinos... ya sabe... buen tabaco inglés". En la puerta de la caseta del piloto se dio la vuelta... "Digo, ¿no tiene un par de zapatos que le sobren?". Levantó una pierna. "Mire". Las suelas estaban atadas con cuerdas anudadas bajo sus pies descalzos. Saqué un par de zapatos viejos, que él miró con admiración antes de metérselos bajo el brazo izquierdo. Uno de sus bolsillos (rojo brillante) estaba repleto de cartuchos, del otro (azul oscuro) asomaba la *Investigación*... de Towson. Parecía creerse excelentemente bien equipado para un nuevo encuentro con lo salvaje. "Nunca, nunca volveré a encontrarme con un hombre así. Tendría que haberle oído recitar poesía... él mismo la había escrito, según me dijo. Poesía". Puso los ojos en blanco al recordar estas delicias. "¡Oh, él amplió mi mente!". "Adiós", le dije. Me dio la mano y desapareció en la noche. A veces me pregunto si lo he visto realmente... ¡si era posible encontrarse con un fenómeno así!...

«Cuando me desperté poco después de la medianoche, me vino a la mente su advertencia y su insinuación de peligro que parecía, en la oscuridad estrellada, lo suficientemente real como para hacerme levantar con el propósito de echar un vistazo. En la colina ardía una gran hoguera que iluminaba de forma irregular un rincón torcido de la estación. Uno de los agentes con un piquete de unos cuantos de nuestros negros, armados al efecto, vigilaba el marfil; pero en lo más profundo del bosque, unos destellos rojos que vacilaban, que parecían hundirse y levantarse del suelo entre confusas formas columnares de intensa negrura, mostraban la posición exacta del campamento donde los adoradores del señor Kurtz mantenían su inquieta vigilia. El monótono batir de un gran tambor llenaba el aire de choques amortiguados y de una vibración persistente. Un zumbido constante de muchos hombres cantando cada uno para sí mismo algún extraño encantamiento salió de la pared negra y plana del bosque como el zumbido de las abejas sale de una colmena, y tuvo un extraño efecto narcótico sobre mis sentidos semidespiertos. Creo que me quedé dormido inclinado sobre la barandilla, hasta que una abrupta ráfaga de gritos, un abrumador estallido de un frenesí reprimido y misterioso, me despertó con un asombro desconcertante. Se cortó de golpe, y el bajo zumbido continuó con un efecto de silencio audible y tranquilizador. Miré casualmente hacia la pequeña cabina. Había una luz encendida, pero el señor Kurtz no estaba allí.

«Creo que habría lanzado un grito si hubiera creído a mis ojos. Pero al principio no les creí... la cosa parecía tan imposible. El hecho es que me sentí completamente desconcertado por un puro susto vacío, puro terror abstracto, sin relación con ninguna forma distinta de peligro físico. Lo que hizo que esta emoción fuera tan abrumadora fue —¿cómo definirlo?— la conmoción moral que recibí, como si algo totalmente monstruoso, intolerable para el pensamiento y odioso para el alma, hubiera sido arrojado sobre mí inesperadamente. Esto duró, por supuesto, la más mínima fracción de segundo, y entonces la habitual sensación de peligro común y mortal, la posibilidad de una repentina embestida y una masacre, o algo por el estilo, que veía inminente, fue positivamente bienvenida y tranquilizadora. De hecho, me tranquilizó tanto que no di la alarma.

«Había un agente abotonado, dentro de un Ulster, durmiendo en una silla sobre la cubierta a menos de tres pies de mí. Los gritos no lo habían despertado; roncaba muy levemente; lo dejé dormir y salté a tierra. No traicioné al señor Kurtz... estaba ordenado que nunca lo traicionara... estaba escrito que debía ser leal a la pesadilla de mi elección. Estaba ansioso por lidiar con esta sombra a solas... y hasta el día de hoy no sé por qué estaba tan celoso de compartir con alguien la peculiar negrura de esa experiencia.

«En cuanto llegué a la orilla, vi un rastro... un amplio rastro entre la hierba. Recuerdo la exultación con la que me dije "no puede caminar... se arrastra a cuatro patas... lo tengo". La hierba estaba mojada por el rocío. Caminé rápidamente con los puños cerrados. Creo que tenía una vaga idea de caer sobre él y darle una paliza. No lo sé. Tuve algunos pensamientos imbéciles. La vieja tejedora con el gato se impuso en mi memoria como la persona más impropia para estar sentada en el otro extremo de un asunto así. Vi una hilera de peregrinos lanzando chorros de plomo al aire desde Winchesters sostenidos en la cadera. Pensé que nunca volvería al vapor, y me imaginé viviendo solo y desarmado en el bosque hasta una edad avanzada. Cosas así de tontas... ya saben. Y recuerdo que confundí el ritmo del tambor con los latidos de mi corazón, y me alegré de su tranquila regularidad.

«Sin embargo, seguí la pista... y me detuve a escuchar. La noche era muy clara: un espacio azul oscuro, resplandeciente de rocío y luz de estrellas, en el que las cosas negras permanecían muy quietas. Me pareció ver una especie de movimiento delante de mí. Aquella noche estaba extrañamente seguro de todo. De hecho, abandoné la pista y corrí en un amplio semicírculo (creo que me reí para mis adentros) para ponerme delante de ese movimiento que había visto... si es que realmente había visto algo. Estaba rodeando a Kurtz como si se tratara de un juego de niños.

«Me acerqué a él, y, si no me hubiera oído llegar, habría caído también sobre él, pero se levantó a tiempo. Se levantó, inseguro, largo, pálido, indistinto, como un vapor exhalado por la tierra, y se balanceó ligeramente, brumoso y silencioso ante mí; mientras, a mi espalda, los fuegos se asomaban entre los árboles, y el murmullo de muchas voces salía del bosque. Le había cortado el paso astutamente; pero cuando me enfrenté a él me pareció entrar en razón, vi el peligro en su justa medida. Todavía no estaba acabado. ¿Y si se ponía a gritar? Aunque apenas podía mantenerse en pie, todavía había mucho vigor en su voz. "Váyase... escóndase", me dijo en aquel tono profundo. Era muy horrible. Miré hacia atrás. Estábamos a menos de treinta yardas del fuego más cercano. Una figura negra se levantó, caminó sobre largas piernas negras, agitando largos brazos negros, a través del resplandor. Tenía cuernos —cuernos de antílope, creo— en la cabeza. Algún hechicero, algún hombre-brujo, sin duda: parecía bastante diabólico. "¿Sabe lo que estás haciendo?", susurré. "Perfectamente", contestó, levantando la voz para esa sola palabra: me sonó lejana y a la vez potente, como un granizo a través de una bocina. "Si hace un escándalo, estamos perdidos", pensé. Estaba claro que no era un caso para pelear a los puños, aparte de la aversión natural que sentía por golpear a esa Sombra... esa cosa errante y atormentada. "Será su perdición", dije... "completamente su perdición". A veces uno tiene un destello de inspiración, ¿saben? Dije lo correcto, aunque en realidad él no podía estar más irremediablemente perdido de lo que estaba en ese preciso momento, cuando se estaban sentando los cimientos de nuestra intimidad... para aguantar... para aguantar... incluso hasta el final... incluso más allá.

«"Yo tenía unos planes inmensos", murmuró irresoluto. "Sí", dije yo, "pero si intenta gritar le aplastaré la cabeza con...". No había ni un palo ni una piedra cerca. "Le estrangularé definitivamente", me corregí. "Estuve en el umbral de las grandes cosas", alegó, con una voz anhelante, con un tono melancólico que me heló la sangre. "Y ahora, por este estúpido sinvergüenza...". "Su éxito en Europa está asegurado en cualquier caso", afirmé, con determinación. No quería estrangularlo, como comprenderán... y de hecho habría servido de muy poco para cualquier propósito práctico. Traté de romper el hechizo, el pesado y mudo hechizo de lo salvaje, que parecía atraerlo a su despiadado seno mediante el despertar de instintos olvidados y brutales, mediante el recuerdo de pasiones gratificadas y monstruosas. Sólo esto, estaba convencido, lo había llevado al borde del bosque, a la maleza, hacia el resplandor de los fuegos, el palpitar de los tambores, el zumbido de extraños conjuros; sólo esto había seducido a su alma ilícita más allá de los límites de las aspiraciones permitidas. Y, ¿no ven ustedes?, lo terrible de la situación no estaba en ser golpeado en la cabeza —aunque también tenía un sentido muy vivo de ese peligro— sino en esto, en que tenía que tratar con un ser al que no podía apelar en nombre de nada, ni alto ni bajo. Tenía, incluso como los negros, que invocarse a él... a él mismo, su propia exaltada e increíble degradación. No había nada ni por encima ni por debajo de él, y lo sabía. Se había desprendido de la tierra a puntapiés. ¡Maldito sea el hombre! Había hecho pedazos la propia tierra. Él estaba solo, y yo ante él no sabía si estaba en el suelo o flotaba en el aire. Les he contado lo que dijimos... repitiendo las frases que pronunciamos... pero ¿de qué sirve? Eran palabras comunes y corrientes... los sonidos familiares y vagos que se intercambian en cada día de la vida. ¿Pero qué hay de eso? Tenían detrás de ellas, a mi entender, la terrible sugestión de las palabras oídas en los sueños, de las frases pronunciadas en las pesadillas. ¡Alma! Si alguien ha luchado alguna vez con un alma, soy yo. Y tampoco estaba discutiendo con un lunático. Créanme o no, su inteligencia era perfectamente clara... concentrada, es cierto, en sí misma con horrible intensidad, pero clara; y ahí estaba mi única oportunidad... salvo, por supuesto, la de matarlo allí mismo, que no era tan buena, a causa del inevitable ruido. Pero su alma estaba loca. Estando solo en la selva, había mirado dentro de sí mismo, y, ¡por los cielos!, les digo que se había vuelto loca. Tuve —por mis pecados, supongo— que pasar por la prueba de mirarla por mí mismo. Ninguna elocuencia podría haber sido tan fulminante para la creencia en la humanidad como su estallido final de sinceridad. También luchó consigo mismo. Lo vi... lo oí. Vi el misterio inconcebible de un alma que no conocía ni el freno, ni la fe, ni el miedo, pero que luchaba ciegamente consigo misma. Mantuve la calma; pero cuando lo tuve por fin tendido en el lecho, me enjugué la frente, mientras las piernas me temblaban, debajo de mí, como si hubiera cargado media tonelada a la espalda por aquella colina. Y eso que sólo lo había sostenido, con su huesudo brazo agarrado a mi cuello... y él no pesaba mucho más que un niño.

«Cuando al día siguiente salimos a mediodía, la multitud, de cuya presencia detrás de la cortina de árboles yo había sido agudamente consciente todo el tiempo, fluyó de nuevo fuera del bosque, llenó el claro, cubrió la ladera con una masa de cuerpos desnudos que respiraban, temblorosos, de bronce. Remonté un poco, luego giré río abajo, y dos mil ojos siguieron las evoluciones del río-demonio que salpicaba, aporreaba y golpeaba el agua con su terrible cola y exhalaba humo negro en el aire. Frente a la primera hilera, a lo largo del río, tres hombres, cubiertos de tierra roja brillante de pies a cabeza, se pavoneaban de un lado a otro sin descanso. Cuando volvimos a estar a su lado, miraron hacia el río, zapatearon, asintieron con sus cabezas cornudas, balancearon sus cuerpos escarlatas; agitaron hacia el feroz río-demonio un manojo de plumas negras, una piel sarnosa con una cola colgante... algo que parecía una calabaza seca; gritaron periódicamente cadenas de palabras asombrosas que no se parecían a ningún sonido del lenguaje humano; y los profundos murmullos de la multitud, interrumpidos de repente, fueron como la respuesta de alguna letanía satánica.

«Habíamos llevado a Kurtz a la caseta del piloto: allí había más aire. Tumbado en el sofá, miró a través de la persiana abierta. Hubo un remolino en la masa de cuerpos humanos, y la mujer con la cabeza de yelmo y las mejillas leonadas se precipitó hasta el mismo borde de la corriente. Extendió las manos y gritó algo, y toda aquella muchedumbre salvaje hizo suyo el grito en un coro rugiente de expresiones articuladas, rápidas y sin aliento.

«"¿Entiende esto?", le pregunté.

«Siguió mirando más allá de mí con ojos ardientes y anhelantes, con una expresión mezclada de nostalgia y odio. No respondió, pero vi aparecer una sonrisa, una sonrisa de significado indefinido, en sus labios incoloros que un momento después se movieron convulsivamente. "¿No es así?", dijo lentamente, jadeando, como si las palabras le hubieran sido arrancadas por un poder sobrenatural.

«Tiré de la cuerda del silbato, y lo hice porque vi que los peregrinos en cubierta sacaban sus rifles con aire de anticipar una alegre algarabía. Al oír el súbito chillido se produjo un movimiento de terror abyecto a través de aquella masa encajonada de cuerpos. "¡No! No los espante", gritó desconsoladamente alguien en cubierta. Tiré de la cuerda una y otra vez. Irrumpieron y corrieron, saltaron, se agazaparon, se desviaron, esquivaron el terror volador del sonido. Los tres pelirrojos habían caído de bruces en la orilla, como si los hubieran matado a tiros. Sólo la bárbara y soberbia mujer no se inmutó, y extendió trágicamente sus brazos desnudos tras nosotros sobre el sombrío y reluciente río.

«Y entonces esa multitud imbécil de la cubierta comenzó su pequeña diversión, y no pude ver nada más por el humo.

«La corriente marrón corría velozmente desde el corazón de las tinieblas, llevándonos hacia el mar con el doble de velocidad que nuestro avance hacia arriba; y la vida de Kurtz también corría velozmente, refluyendo, refluyendo desde su corazón hacia el mar del tiempo inexorable. El director estaba muy apacible, no tenía ahora ninguna inquietud vital, nos contemplaba a los dos con una mirada comprensiva y satisfecha: el "asunto" había salido tan bien como se podía desear. Vi que se acercaba el momento en que me iba a quedar solo en el grupo de "métodos poco sólidos". Los peregrinos me miraban con desagrado. Estaba, por así decirlo, contado entre los muertos. Es extraño cómo acepté esta asociación imprevista, esta elección de pesadillas que se me impuso en la tenebrosa tierra invadida por estos fantasmas mezquinos y codiciosos.

«Kurtz discurrió. ¡Una voz! ¡Una voz! Sonó profundamente hasta el final. Sobrevivió a su fuerza para ocultar en los magníficos pliegues de la elocuencia la estéril oscuridad de su corazón. ¡Oh, cómo luchó! ¡Luchó! Los desechos de su cansado cerebro eran acechados ahora por imágenes sombrías: imágenes de riqueza y fama que giraban obsequiosamente alrededor de su inextinguible don de expresión noble y elevada. Mi Prometida, mi posición, mi carrera, mis ideas: estos eran los temas para las ocasionales expresiones de sentimientos elevados. La sombra del Kurtz original frecuentaba la cabecera de la farsa hueca, cuyo destino era ser enterrado en breve en el molde de la tierra primitiva. Pero tanto el amor diabólico como el odio sobrenatural a los misterios que había penetrado luchaban por la posesión de aquella alma saciada de emociones primitivas, ávida de fama mentirosa, de falsa distinción, de todas las apariencias de éxito y poder.

«A veces era despreciablemente pueril. Deseaba que los reyes se reunieran con él en las estaciones de ferrocarril a su regreso de algún espantoso lugar en el que pretendía realizar grandes cosas. "Demuéstreles que tiene en usted algo realmente provechoso, y entonces no habrá límites para el reconocimiento de su capacidad", decía. "Por supuesto, debe cuidar los motivos, debe tener los motivos correctos, siempre". Los largos tramos que eran como un mismo tramo, curvas monótonas que eran exactamente iguales, se deslizaban al lado del vapor con su multitud de árboles seculares que miraban pacientemente a este fragmento mugriento de otro mundo, precursor del cambio, de la conquista, del comercio, de las masacres, de las bendiciones. Miré hacia delante, pilotando. "Cierre la persiana", dijo un día Kurtz de repente, "no soporto mirar esto". Así lo hice. Hubo un silencio. "¡Oh, pero aún te retorceré el corazón!", gritó a la selva invisible.

«Tuvimos una avería, como yo había previsto, y debimos permanecer en la punta de una isla para repararla. Este retraso fue lo primero que sacudió la confianza de Kurtz. Una mañana me dio un paquete de papeles y una fotografía... todo atado con un cordón de zapato. "Guárdeme esto", me dijo. "Este tonto nocivo", (refiriéndose al director), "es capaz de husmear en mis cajas cuando no estoy mirando". Por la tarde lo vi. Estaba tumbado de espaldas con los ojos cerrados, y me retiré en silencio, pero le oí murmurar, diciendo "vive bien, muere, muere...". Escuché. No había nada más. ¿Estaba ensayando algún discurso en sueños, o era un fragmento de una frase de algún artículo de periódico? Había escrito para los periódicos y tenía la intención de volver a hacerlo, "para promover mis ideas. Es un deber".

«La suya era una tiniebla impenetrable. Le miré como se mira a un hombre que yace en el fondo de un precipicio donde nunca brilla el sol. Pero no tenía mucho tiempo para dedicarle, porque estaba ayudando al maquinista a desmontar las tuberías con fugas, a enderezar una biela doblada y a otras cosas por el estilo. Yo vivía en un lío infernal de óxido, limaduras, tuercas, tornillos, llaves inglesas, martillos, brocas de carraca... cosas que aborrezco, porque no me llevo bien con ellas. Me ocupaba de la pequeña fragua que afortunadamente teníamos a bordo; trabajaba fatigosamente en un miserable montón de chatarra... a menos que tuviera temblores demasiado fuertes como para soportarlos.

«Una noche, al entrar con una vela, me sobresalté al oírle decir, un poco tembloroso, "estoy aquí tumbado en la oscuridad esperando la muerte". La luz estaba a menos de un pie de sus ojos. Me obligué a murmurar "¡oh, tonterías!", y me quedé de pie junto a él como si estuviera paralizado.

«Nunca había visto nada parecido al cambio que se produjo en sus rasgos, y espero no volver a verlo. No me conmovió. Yo estaba fascinado. Fue como si se hubiera rasgado un velo. Vi en ese rostro de marfil la expresión de un orgullo sombrío, de un poder despiadado, de un terror cobarde, de una desesperación intensa y desesperada.

¿Volvió a vivir su vida en todos los detalles del deseo, la tentación y la entrega durante ese momento supremo de completo conocimiento? Lloró en un susurro ante alguna imagen, ante alguna visión... gritó dos veces, un grito que no fue más que un suspiro...

«"¡El horror! ¡El horror!".

«Apagué la vela y salí del camarote. Los peregrinos estaban cenando en el comedor, y yo ocupé mi lugar frente al director, que levantó los ojos para dirigirme una mirada interrogativa que ignoré con éxito. Se recostó, sereno, con esa peculiar sonrisa suya que sellaba las profundidades no expresadas de su maldad. Una lluvia continua de pequeñas moscas caía sobre la lámpara, sobre la tela, sobre nuestras manos y caras. De repente, el muchacho del director asomó su insolente cabeza negra por la puerta y dijo en un tono de desprecio mordaz...

«"Señor Kurtz... él muerto".

«Todos los peregrinos salieron corriendo a ver. Yo me quedé y seguí con mi cena. Creo que me consideraron brutalmente insensible. Sin embargo, no comí mucho. Había una lámpara allí dentro —luz, ustedes saben— y fuera había una oscuridad tan bestial, tan bestial. No me acerqué más al notable hombre que había pronunciado un juicio sobre las aventuras de su alma en esta tierra. La voz había desaparecido. ¿Qué más había habido allí? Pero, por supuesto, sé que al día siguiente los peregrinos enterraron algo en un agujero barroso.

«Y luego por poco me entierran a mí.

«Sin embargo, como ven, no fui a reunirme con Kurtz allí mismo. No lo hice. Me quedé para soñar la pesadilla hasta el final, y para mostrar mi lealtad a Kurtz una vez más. El destino. ¡Mi destino! La vida es una cosa curiosa, esa misteriosa disposición de la lógica despiadada para un propósito inútil. Lo máximo que uno puede esperar de ella es algún conocimiento de sí mismo —que llega demasiado tarde— y una cosecha de arrepentimientos inextinguibles. He luchado con la muerte. Es la contienda menos emocionante que se puedan imaginar. Se desarrolla en una grisura impalpable, sin nada bajo los pies, sin nada alrededor, sin espectadores, sin clamor, sin gloria, sin el gran deseo de la victoria, sin el gran temor de la derrota, en una atmósfera enfermiza de tibio escepticismo, sin creer mucho en su propio derecho, y aún menos en el de su adversario. Si tal es la forma de la sabiduría suprema, entonces la vida es un enigma mayor de lo que algunos pensamos que es. Estuve a punto de tener la última oportunidad de pronunciarme, y descubrí con humillación que probablemente no tendría nada que decir. Esta es la razón por la que afirmo que Kurtz era un hombre extraordinario. Él tenía algo que decir. Lo dijo. Desde que me asomé al borde, entiendo mejor el significado de su mirada, que no podía ver la llama de la vela, pero era lo suficientemente amplia como para abarcar todo el universo, lo suficientemente penetrante como para atravesar todos los corazones que latían en la oscuridad. Él lo había resumido... había juzgado. "¡El horror!". Era un hombre extraordinario. Después de todo, ésta era la expresión de una especie de creencia; tenía candor, tenía convicción, tenía una nota vibrante de revuelta en su susurro, tenía el rostro espantoso de una verdad vislumbrada... la extraña mezcla de deseo y odio. Y no es mi propio extremo lo que mejor recuerdo... una visión de la grisura sin forma, llena de dolor físico, y un descuidado desprecio por la evanescencia de todas las cosas... incluso de este mismo dolor. No. Es su extremo el que me parece haber vivido. Es cierto que él había dado esa última zancada, había cruzado el borde, mientras que a mí se me había permitido retirar mi pie vacilante. Y tal vez en esto radique toda la diferencia; tal vez toda la sabiduría, y toda la verdad, y toda la sinceridad, estén simplemente comprimidas en ese inapreciable momento de tiempo en el que cruzamos el umbral de lo invisible. ¡Quizás! Me gusta pensar que mi resumen no habría sido una palabra de desprecio descuidado. Mejor su grito... mucho mejor. Era una afirmación, una victoria moral pagada con innumerables derrotas, con abominables terrores, con abominables satisfacciones. ¡Pero fue una victoria! Por eso he permanecido fiel a Kurtz hasta el final, e incluso más allá, cuando mucho tiempo después volví a escuchar, no su propia voz, sino el eco de su magnífica elocuencia lanzada hacia mí desde un alma tan translúcida y pura como un acantilado de cristal.

«No, no me enterraron, aunque hay un período de tiempo que recuerdo con nitidez, con una maravilla estremecedora, como un paso por algún mundo inconcebible que no tenía ninguna esperanza ni ningún deseo. Me encontré de vuelta en la ciudad sepulcral resintiendo la visión de la gente que se apresuraba por las calles para robar un poco de dinero a los demás, para devorar su infame cocina, para engullir su insana cerveza, para soñar sus insignificantes y tontos sueños. Se inmiscuían en mis pensamientos. Eran intrusos cuyo conocimiento de la vida era para mí una pretensión irritante, porque estaba seguro de que no podían saber las cosas que yo sabía. Su comportamiento, que era simplemente el de los individuos comunes y corrientes que se dedican a sus negocios con la garantía de una perfecta seguridad, me resultaba ofensivo como los escandalosos alardes de la insensatez ante un peligro que es incapaz de comprender. No tenía ningún deseo especial de iluminarlos, pero me costó un poco contenerme para no reírme en sus caras, tan llenas de estúpida importancia. Me atrevo a decir que no me encontraba muy bien en aquel momento. Me tambaleaba por las calles —había varios asuntos que resolver— sonriendo amargamente a personas perfectamente respetables. Admito que mi comportamiento era inexcusable, pero entonces mi temperatura rara vez era normal en esos días. Los esfuerzos de mi querida tía por "cuidar mis fuerzas" parecían no tener sentido. No eran mis fuerzas las que necesitaban cuidados, era mi imaginación la que quería calmarse. Guardé el fajo de papeles que me dio Kurtz, sin saber exactamente qué hacer con él. Su madre había muerto hacía poco tiempo, cuidada, según me dijeron, por su Prometida. Un hombre bien afeitado, con modales oficiales y con gafas de montura dorada, me visitó un día y me hizo preguntas, primero tortuosas, después suavemente apremiantes, sobre lo que se complacía en denominar ciertos "documentos". No me sorprendió, porque había tenido dos discusiones con el director sobre el tema. Me había negado a entregar el más mínimo trozo de aquel paquete, y adopté la misma actitud con el hombre de las gafas. Al final se volvió oscuramente amenazador, y con mucho ardor argumentó que la Compañía tenía derecho a toda la información sobre sus "territorios". Y, dijo, "el conocimiento del señor Kurtz sobre las regiones inexploradas debe haber sido necesariamente extenso y peculiar, debido a sus grandes habilidades y a las deplorables circunstancias en las que había sido colocado; por lo tanto...". Le aseguré que el conocimiento del señor Kurtz, por extenso que fuera, no tenía nada que ver con los problemas del comercio o la administración. Invocó entonces el nombre de la ciencia. "Sería una pérdida incalculable si... etc., etc.". Le ofrecí el informe sobre la "Supresión de las Costumbres Salvajes", con el epílogo arrancado. Lo tomó con entusiasmo, pero terminó olfateándolo con aire de desprecio. "Esto no es lo que teníamos derecho a esperar", comentó. "No espere nada más", le dije. "Sólo hay cartas privadas". Se retiró bajo la amenaza de emprender acciones legales, y no lo vi más; pero otro tipo, que se hacía llamar primo de Kurtz, apareció dos días después, y estaba ansioso por escuchar todos los detalles sobre los últimos momentos de su querido pariente. Por cierto, me dio a entender que Kurtz había sido esencialmente un gran músico. "Se trataba de un éxito inmenso", dijo el hombre, que era un organista, creo, con el pelo canoso que caía sobre el cuello de un abrigo grasiento. No tenía ninguna razón para dudar de su afirmación; y hasta el día de hoy soy incapaz de decir cuál era la profesión de Kurtz, si es que alguna vez tuvo alguna... que era el mayor de sus talentos. Yo lo había tomado por un pintor que escribía para los periódicos, o bien por un periodista que sabía pintar... pero ni siquiera el primo (que tomó rapé durante la entrevista) pudo decirme qué había sido... exactamente. Era un genio universal... en ese punto estaba de acuerdo con el anciano, que a continuación se sonó ruidosamente la nariz en un gran pañuelo de algodón y se retiró con una agitación senil, llevándose algunas cartas y recuerdos familiares sin importancia. Al final apareció un periodista ansioso por saber algo del destino de su "querido colega". Este visitante me informó de que la esfera propia de Kurtz debería haber sido la política "en la vertiente popular". Tenía las cejas muy pobladas, el cabello erizado y corto, un monóculo con una cinta ancha y, volviéndose expansivo, confesó su opinión de que Kurtz realmente no podía escribir nada... "¡pero cielos, cómo podía hablar ese hombre! Electrizaba las grandes reuniones. Tenía fe", ¿entiende?, "tenía fe. Podía llegar a creer cualquier cosa, cualquier cosa. Habría sido un espléndido líder de un partido extremista". "¿Cuál partido?", pregunté. "Cualquier partido", respondió el otro. "Era un extremista". ¿No lo creía así yo? Asentí. "¿Sabía yo...", preguntó, con un repentino destello de curiosidad, "qué era lo que le había inducido a ir allí?". "Sí", dije, e inmediatamente le entregué el famoso informe para que lo publicara, si lo consideraba oportuno. Lo hojeó apresuradamente, murmurando todo el tiempo, juzgando que "serviría", y se marchó con este botín.

«Así me quedé al final con un delgado paquete de cartas y el retrato de la joven. Me pareció hermosa, es decir, tenía una hermosa expresión. Sé que la luz del sol también puede hacerse mentir, pero uno sentía que ninguna manipulación de la luz o de la pose podría haber transmitido el delicado matiz de veracidad de aquellas facciones. Parecía dispuesta a escuchar sin reservas mentales, sin sospechas, sin pensar en sí misma. Concluí que iría a devolverle el retrato y las cartas yo mismo. ¿Curiosidad? Sí; y también algún otro sentimiento quizás. Todo lo que había sido de Kurtz había desaparecido de mis manos: su alma, su cuerpo, su puesto, sus planes, su marfil, su carrera. Sólo quedaba su memoria y su Prometida... y yo quería entregar eso también al pasado, en cierto modo... entregar personalmente todo lo que quedaba de él conmigo a ese olvido que es la última palabra de nuestro destino común. No me defiendo. No tenía una percepción clara de lo que realmente quería. Quizá fuera un impulso de lealtad inconsciente, o el cumplimiento de una de esas necesidades irónicas que acechan a los hechos de la existencia humana. No lo sé. No puedo decirlo. Pero fui.

«Pensé que su recuerdo era como los demás recuerdos de los muertos que se acumulan en la vida de todo hombre... una vaga huella en el cerebro de las sombras que habían caído sobre él en su rápido y definitivo paso; pero ante la alta y pesada puerta, entre las altas casas de una calle tan quieta y decorosa como un callejón bien cuidado en un cementerio, tuve una visión de él en la camilla, abriendo su boca vorazmente, como si quisiera devorar toda la tierra con toda su humanidad. Vivía entonces ante mí; vivía tanto como había vivido siempre... una sombra insaciable de espléndidas apariencias, de espantosas realidades; una sombra más oscura que la sombra de la noche, y envuelta noblemente en los pliegues de una magnífica elocuencia. La visión parecía entrar en la casa conmigo... la camilla, los portadores fantasmas, la multitud salvaje de adoradores obedientes, la penumbra de los bosques, el brillo del alcance entre las curvas turbias, el ritmo del tambor, regular y apagado como el latido de un corazón... el corazón de una tiniebla conquistadora. Fue un momento de triunfo para la selva, una acometida invasora y vengativa que, me pareció, tendría que retener solo para la salvación de otra alma. Y el recuerdo de lo que le había oído decir allá a lo lejos, con las formas córneas agitándose a mi espalda, en el resplandor de los fuegos, dentro del paciente bosque, aquellas frases entrecortadas volvieron a mí, se oyeron de nuevo en su ominosa y aterradora sencillez. Recordé sus abyectas súplicas, sus abyectas amenazas, la escala colosal de sus viles deseos, la mezquindad, el tormento, la tempestuosa angustia de su alma. Y más tarde me pareció ver su languidez recogida, cuando dijo un día, "este lote de marfil es ahora realmente mío. La Compañía no pagó por él. Lo he recogido yo mismo, corriendo un gran riesgo personal. Sin embargo, me temo que intentarán reclamarlo como suyo. Hmm. Es un caso difícil. ¿Qué cree que debo hacer? ¿Resistir? ¿Eh? Yo no quiero más que justicia...". No quería más que justicia... no más que justicia. Llamé al timbre ante una puerta de caoba del primer piso y, mientras esperaba, me pareció que me miraba fijamente desde el panel de cristal... con esa mirada amplia e inmensa que abarcaba, condenaba y aborrecía todo el universo. Me pareció oír el grito susurrado, "¡El horror! ¡El horror!".

«El crepúsculo estaba cayendo. Tuve que esperar en un elevado salón con tres largas ventanas desde el suelo hasta el techo que eran como tres columnas luminosas y encortinadas. Las patas y los respaldos dorados de los muebles brillaban en curvas indistintas. La alta chimenea de mármol tenía una blancura fría y monumental. Un piano de cola se alzaba macizo en un rincón, con brillos oscuros en las superficies planas, como un sarcófago sombrío y pulido. Una puerta alta se abrió... y se cerró. Me puse de pie.

«Se acercó, toda de negro, con la cabeza pálida, flotando hacia mí en el crepúsculo. Estaba de luto. Hacía más de un año que él había muerto, más de un año desde que le llegó la noticia; parecía que iba a recordar y llevar luto para siempre. Tomó mis dos manos entre las suyas y murmuró, "había oído que venía". Me di cuenta de que no era muy joven, es decir, no era una niña. Tenía una capacidad madura de fidelidad, de creencia, de sufrimiento. La habitación parecía haberse oscurecido, como si toda la triste luz de la nublada tarde se hubiera refugiado en su frente. Este pelo rubio, este rostro pálido, esta frente pura, parecían rodeados de un halo ceniciento desde el que me miraban los ojos oscuros. Su mirada era inocente, profunda, segura y confiada. Llevaba su dolorosa cabeza como si estuviera orgullosa de esa pena, como si quisiera decir, "sólo yo... sólo yo sé llorarle como se merece". Pero mientras aún nos dábamos la mano, una mirada de horrible desolación apareció en su rostro, y percibí que era una de esas criaturas que no son juguetes del Tiempo. Para ella, él había muerto apenas ayer. Y, ¡por Dios!, la impresión fue tan poderosa que a mí también me pareció que había muerto ayer... es más, en este mismo instante. La vi a ella y a él en el mismo instante de tiempo... su muerte y su dolor... vi el dolor de ella en el mismo momento de su muerte. ¿Comprenden? Los vi juntos... los oí juntos. Ella había dicho, con una profunda respiración entrecortada, "he sobrevivido", mientras mis esforzados oídos parecían oír claramente, mezclado con su tono de desesperado pesar, el susurro resumido de su eterna condena. Me pregunté qué hacía allí, con una sensación de pánico en el corazón, como si me hubiera metido en un lugar de misterios crueles y absurdos no aptos para que un ser humano los contemple. Me indicó una silla. Nos sentamos. Dejé el paquete suavemente sobre la mesita, y ella puso su mano sobre él... "Lo conoció bien", murmuró, después de un momento de lúgubre silencio.

«"La intimidad crece rápido allí", dije. "Lo conocí tan bien como es posible que un hombre conozca a otro".

«"Y le admiraba", dijo ella. "Era imposible conocerlo y no admirarlo. ¿No es cierto?".

«"Era un hombre extraordinario", dije, con dificultad. Luego, ante la atrayente fijeza de su mirada, que parecía buscar más palabras en mis labios, continué diciendo "era imposible no...".

«"...amarlo", terminó ella con entusiasmo, haciéndome callar en una mudez horrorizada. "¡Cuánta verdad! ¡Cuánta verdad! ¡Pero cuando una piensa que nadie lo conoció tan bien como yo! Yo tenía toda su noble confianza. Yo le conocía mejor que nadie".

«"Usted lo conocía mejor que nadie", repetí. Y tal vez así era. Pero con cada palabra que pronunciaba la habitación se volvía más oscura, y sólo su frente, lisa y blanca, permanecía iluminada por la luz inextinguible de la creencia y el amor.

«"Usted era su amigo", continuó. "Su amigo", repitió, un poco más alto. "Debe haberlo sido, si le ha dado esto y le ha enviado a mí. Siento que puedo hablarle... y ¡oh! debo hablar. Quiero que usted... usted que ha oído sus últimas palabras... sepa que he sido digna de él... No es orgullo... ¡Sí! Me enorgullece saber que lo comprendí mejor que nadie en la tierra... él mismo me lo dijo. Y desde que su madre murió no he tenido a nadie... a nadie... para... para...".

«Escuché. La oscuridad se hizo más profunda. Ni siquiera estaba seguro de si me había dado el fajo correcto. Más bien sospecho que quería que me ocupara de otro lote de sus papeles que, después de su muerte, vi al director examinar bajo la lámpara. Y la muchacha hablaba, aliviando su dolor en la certeza de mi simpatía; hablaba como beben los sedientos. Había oído que su compromiso con Kurtz había sido desaprobado por la familia de ella. Él no era lo suficientemente rico o algo así. Y, en efecto, no sé si no había sido un indigente toda su vida. Me había dado alguna razón para inferir que fue su impaciencia por la pobreza comparativa lo que le llevó allí.

«"...¿Quién no era su amigo si le había oído hablar aunque sea una vez?", decía. "Atrajo a los hombres hacia él por lo que había de mejor en ellos". Me miró con intensidad. "Es el don de los grandes", prosiguió, y el sonido de su voz grave parecía acompañar a todos los demás sonidos, llenos de misterio, desolación y dolor, que yo había escuchado... la ondulación del río, el susurro de los árboles mecidos por el viento, los murmullos de las multitudes salvajes, el débil timbre de palabras incomprensibles gritadas desde lejos, el susurro de una voz que habla desde más allá del umbral de una oscuridad eterna. "¡Pero usted lo ha oído! ¡Lo sabe!", gritó ella.

«"Sí, lo sé", dije con algo parecido a la desesperación en mi corazón, pero inclinando la cabeza ante la fe que había en ella, ante esa gran y salvadora ilusión que brillaba con un resplandor sobrenatural en la oscuridad, en la oscuridad triunfante de la que no podría haberla defendido... de la que ni siquiera podría defenderme a mí mismo.

"¡Qué pérdida para mí... para nosotros", se corrigió con hermosa generosidad; luego añadió en un murmullo, "para el mundo!". En los últimos destellos del crepúsculo pude ver el brillo de sus ojos, llenos de lágrimas... de lágrimas que no caían.

«"He sido muy feliz... muy afortunada... muy orgullosa", continuó. "Demasiado afortunada. Demasiado feliz por un tiempo. Y ahora soy infeliz... de por vida".

«Se puso de pie; su hermoso cabello parecía atrapar toda la luz restante en un destello de oro. Yo también me puse de pie.

«"Y de todo esto", continuó ella, afligida, "de toda su promesa y de toda su grandeza, de su mente generosa, de su noble corazón, no queda nada... nada más que un recuerdo. Usted y yo...".

«"...siempre lo recordaremos", dije, apresuradamente.

«"¡No!", gritó ella. "Es imposible que todo esto se pierda, que una vida así se sacrifique para no dejar más que dolor. Usted sabe los grandes planes que tenía. Yo también los conocía... quizás no podía entenderlos... pero otros los conocían. Algo debe permanecer. Sus palabras, al menos, no han muerto".

«"Sus palabras permanecerán", dije.

«"Y su ejemplo", susurró para sí misma. "Los hombres lo admiraban, su bondad brillaba en cada acto. Su ejemplo...".

«"Cierto", dije; "su ejemplo también. Sí, su ejemplo. Lo había olvidado".

«"Pero yo no. No puedo... no puedo creer... todavía no. No puedo creer que nunca lo volveré a ver, que nadie lo volverá a ver, nunca, nunca, nunca".

«Extendió los brazos como si persiguiera a una figura que se retiraba, extendiéndolos en la negrura y con las manos pálidas entrelazadas a través del desvanecido y estrecho brillo de la ventana. ¡Yo nunca lo había visto a él! Lo vi entonces con suficiente claridad. Veré este elocuente fantasma mientras viva, y la veré también a ella, una trágica y familiar Sombra, parecida en este gesto a otra, trágica también, y engalanada con impotentes encantos, extendiendo los desnudos brazos desnudos sobre el brillo del arroyo infernal, el arroyo de la oscuridad. Dijo de pronto en voz muy baja, "Él murió como vivió".

«"Su final", dije, con una ira sorda que se agitaba en mí, "fue en todo sentido digno de su vida".

«"Y yo no estaba con él", murmuró ella. Mi cólera disminuyó ante un sentimiento de infinita piedad.

«"Todo lo que se podía hacer...", murmuré.

«"Ah, pero yo creía en él más que nadie en la tierra... más que su propia madre... más que él mismo. ¡Él me necesitaba! ¡A mí! Yo habría atesorado cada suspiro, cada palabra, cada signo, cada mirada".

«Sentí como un apretón de frío en el pecho. "No", dije, con voz apagada.

«"Perdóneme. Yo... yo... he llorado tanto tiempo en silencio... en silencio... ¿Estuvo con él... hasta el final? Pienso en su soledad. Nadie cerca para entenderlo como yo lo hubiera entendido. Tal vez nadie para escuchar...".

«"Hasta el final", dije, temblando. "Escuché sus últimas palabras...".

«Me detuve aterrado.

«"Repítalas", dijo en un tono desgarrado. "Quiero... quiero... algo... algo... para vivir".

«Estuve a punto de gritarle "¿no las oye?". El crepúsculo las repetía en un susurro persistente a nuestro alrededor, en un susurro que parecía hincharse amenazadoramente como el primer susurro de un viento creciente. "¡El horror! ¡El horror!".

«"Su última palabra... vivir con ella", murmuró ella. "¡No entiende que lo amaba... lo amaba... lo amaba!".

«Me recompuse y hablé lentamente.

«"La última palabra que pronunció fue... su nombre".

«Oí un ligero suspiro, y luego mi corazón se detuvo en seco por un grito exultante y terrible, por el grito de un triunfo inconcebible y de un dolor indecible. "Lo sabía, estaba segura...". Ella lo sabía. Estaba segura. La oí llorar; había escondido su rostro entre las manos. Me pareció que la casa se derrumbaría antes de que yo pudiera escapar, que el cielo caería sobre mi cabeza. Pero no ocurrió nada. Los cielos no se caen por una nimiedad semejante. ¿Habrían caído, me pregunto, si le hubiera hecho a Kurtz la justicia que le correspondía? ¿No había dicho él que sólo quería justicia? Pero yo no podía. No podía decírselo. Habría sido demasiado oscuro... absolutamente demasiado oscuro...».

Marlow cesó y se sentó aparte, indistintamente y en silencio, en la postura de un Buda meditabundo. Nadie se movió durante un tiempo. «Hemos perdido el primer reflujo», dijo el Director, de repente.

Levanté la cabeza. Un banco negro de nubes impedía el paso, y la tranquila vía de agua que conducía a los confines de la tierra fluía sombría bajo un cielo cubierto... parecía conducir al corazón de unas inmensas tinieblas.

Rosetta Edu

## CLÁSICOS EN ESPAÑOL

Esperamos que haya disfrutado esta lectura. ¿Quiere leer otra obra de nuestra colección de *Clásicos en español*?

*El Príncipe Feliz y otros cuentos* está ofrecido gratuitamente en formato electrónico en nuestro *Club del libro*. Es un libro publicado por Oscar Wilde en Mayo de 1888 y no ha perdido su atracción hasta nuestros días, combinando a la perfección el estilo de los cuentos de hadas con un trasfondo gótico y trágico. Temas recurrentes de la ficción tales como la entrega de uno mismo por el amado o la imposibilidad del amor si no hay eternidad se ofrecen aquí a los lectores de las nuevas generaciones como una perspectiva nueva e iluminadora.

Recibe tu copia totalmente gratuita de nuestro *Club del libro* en rosettaedu.com/pages/club-del-libro

Rosetta Edu

CLÁSICOS EN ESPAÑOL

*Una habitación propia* se estableció desde su publicación como uno de los libros fundamentales del feminismo. Basado en dos conferencias pronunciadas por Virginia Woolf en colleges para mujeres y ampliado luego por la autora, el texto es un testamento visionario, donde tópicos característicos del feminismo por casi un siglo son expuestos con claridad tal vez por primera vez.

Basta pensar que *La guerra de los mundos* fue escrito entre 1895 y 1897 para darse cuenta del poder visionario del texto. Desde el momento de su publicación la novela se convirtió en una de las piezas fundamentales del canon de las obras de ciencia ficción y el referente obligado de guerra extraterrestre.

*Otra vuelta de tuerca* es una de las novelas de terror más difundidas en la literatura universal y cuenta una historia absorbente, siguiendo a una institutriz a cargo de dos niños en una gran mansión en la campiña inglesa que parece estar embrujada. Los detalles de la descripción y la narración en primera persona van conformando un mundo que puede inspirar genuino terror.

rosettaedu.com

Rosetta Edu

EDICIONES BILINGÜES

De Jacob Flanders no se sabe sino lo que se deja entrever en las impresiones que los otros personajes tienen de él y sin embargo él es el centro constante de la narración. La primera novela experimental de Virginia Woolf trabaja entonces sobre ese vacío del personaje central. Ahora presentado en una edición bilingüe facilitando la comprensión del original.

Durante décadas, y acercándose a su centenario, *El gran Gatsby* ha sido considerada una obra maestra de la literatura y candidata al título de «Gran novela americana» por su dominio al mostrar la pura identidad americana junto a un estilo distinto y maduro. La edición bilingüe permite apreciar los detalles del texto original y constituye un paso obligado para aprender el inglés en profundidad.

*El Principito* es uno de los libros infantiles más leídos de todos los tiempos. Es un verdadero monumento literario que con justicia se ha convertido en el libro escrito en francés más impreso y traducido de toda la historia. La edición bilingüe francés / español permite apreciar el original en todo su esplendor a la vez que abordar un texto fundamental de la lengua gala.

rosettaedu.com

Made in the USA
Thornton, CO
05/09/23 07:25:20

d6195544-571a-489d-b7f1-1a68dbca8920R01